庫

32-277-4

愛されたもの

イーヴリン・ウォー作
中村健二
出淵博　訳

岩波書店

Evelyn Waugh

THE LOVED ONE
AN ANGLO-AMERICAN TRAGEDY

1948

目　次

愛されたもの　5
解説（中村健二）　211

愛されたもの

――ある英米悲劇

ナンシー・ミットフォードに

次のかたがたにお礼を申し上げます

囁きの森に
足を踏み入れる手引きをしてくださった
レディ・ミルバンク

私のアメリカ英語を直してくださった
レジナルド・アレン氏夫人

私の英語を直してくださった
シリル・コノリー氏

一日中耐えられないようなひどい暑さだったが、夕方になると西にそよ風が立ち、燃える夕日と海の彼方から吹いてきた。海は灌木に覆われた山裾の丘にさえぎられ、こちらからは見えないし、波の音も聞こえない。風は指を広げたような錆色《さびいろ》の棕櫚《しゅろ》の葉をそよがせ、夏の乾いた音――蛙の鳴き声や軋《きし》むような蟬《せみ》の声、近所の家からひっきりなしに流れてくる音楽――をあたりにみなぎらせた。

日が翳《かげ》っていく今、汚れてあぶくの浮いたペンキ壁や、ベランダと干上がったプールの間の、雑草がはびこっている一画から、いつものみすぼらしさは消えていたし、ロッキングチェアに坐って、ウイスキーソーダを片手に月遅れの雑誌を読んでいる二人のイギリス人も――彼らは世界の蛮地に追放されている無数の同胞の片割れであったが――しばし、帰国を許されたような幻想に浸っていた。

「アンブローズ・アバクロンビがもうじきやって来る」年嵩《としかさ》の方が言った、「どういう風の吹きまわしか知らないが、連絡があってね。デニス、もうひとつグラスを探してくれないか」。そう言うと、苛立ちを隠そうともせずこう付け加えた、「キェルケゴール、カフカ、コノリー、コンプトン＝バーネット、サルトル、「スコッティ」・ウィルソン——どういう連中なんだ。何が言いたいのかね」

「何人かは聞いたことがあります。僕がこちらに来る前、ロンドンで話題になっていました」

「「スコッティ」・ウィルソンも?」

「その人は違うと思います。違いますね」

「あれ、「スコッティ」・ウィルソンなんだ。あそこに掛けてある何枚か。きみ、何の絵かわかる?」

「さっぱり」

「わからんね」

サー・フランシス・ヒンズリーの興奮は一時《いっとき》だけでおさまった。下に落ちた「ホライズン」を拾おうともせず、影が濃くなっていく、もとはプールだった一画に目を遣った。

その顔は繊細で知的だったが、平穏な生活と長年の倦怠《けんたい》で、少しくすんでいる。「以前はホプキンズだった」彼は言う、「それにジョイス、フロイト、ガートルード・スタイン。この連中もさっぱりわからなかった。僕は新しいものに強かったためしがなくてね。「アーノルド・ベネットに対するゾラの影響」とか「フレッカーに対するヘンリーの影響」とか、現代の作家で僕にわかったのはせいぜいそれぐらい。僕のお得意の題目は「英語の散文に描かれた英国の牧師」とか「詩人たちに見る騎士的行為」とか、そういったものだった。読者も一時《いちじ》はそういう話題を歓迎しているようだったがね。やがて興味を持たなくなった。それは僕も同じ。いつも一番飽きっぽい駑馬《どば》だったというわけでね。僕は変身を迫られていた。アメリカに来たことはぜんぜん後悔してないよ。気候は僕に合ってるし、ここの人たちはみんなちゃんとした気のいい連中だし。それに彼らは、自分の言うことを人に聴いてもらおうなんて思ってない。このことはいつも頭に入れておくことだ。この国で人づきあいをうまくやっていく秘訣だからね。彼らは自分が楽しいからしゃべっているので、人に聴いてもらおうというわけじゃないんだ」

「アンブローズ・アバクロンビがお見えです」若いほうが言った。

「こんばんは、フランク。こんばんは、バーロー」階段を上がってきたサー・アンブローズ・アバクロンビが言う。「きょうも暑かったね。掛けさせてもらうよ。ああ、それで結構」とウイスキーを注いでくれていた青年の方に声をかける、「あと、ソーダを注ぎ足してもらおうか」

サー・アンブローズはダークグレーのフラノ服にイートン・ランブラーのネクタイを締め、ボーター麦わら帽にはアイ・ジンガリ・クラブのリボンをつけていた。晴れた日はこれが定番の服装だったが、天候次第では鳥打帽をかぶり、インヴァネスを羽織った。アバクロンビ夫人の他愛もない言い草によれば、彼はまだ六十歳の「こちら側」にいた。しかし、長年痛々しいほど青年を気取っていたのに、今では熱烈に老人の貫禄を求めていた。他人《ひと》から「御大《おんたい》」と呼ばれるのが、最近のはかない望みだった。

「ずっと訪ねたいと思っていたんだ。こういう所にいると、やたら忙しくなる、仕事人間になる、交際《つきあい》をやめる――これが困る。つきあいは大事だよ。われわれイギリス人は団結しなくちゃ。フランク、隠者気取りの引きこもりはよくないよ」

「きみが近くに住んでいたころを思い出すね」

「近くに？　そう、きみの言うとおりだ。むかしが懐かしいね。ビヴァリーヒルズに引っ越す前のことだ。きみも知ってるとおり、今住んでるのはベルエアだよ。実を言うと、そこも少し落ち着かなくなってきてね。パシフィックパリセーズに少しばかり土地は買ってある。建築費が下がるのを待っているんだ。僕が住んでいたのはどのへんだっけ。通りの真向かいじゃなかったっけ」

通りの真向かい、二十年かもっと前の。あれは、今では世間から見放されたこの地区が、社交の中心地だったころのことだ。中年の男盛りだったサー・フランシスは、ハリウッドでただ一人の勲爵士《サー》であり、イギリス人社会の長老格、メガロポリタン映画社の主任シナリオライターでクリケット・クラブの会長だった。当時若かった、あるいはまだ若かったアンブローズ・アバクロンビは、有名なシリーズもの(立ち回りの多い英雄時代劇)のきつい役を割り振られ、撮影所を飛び回っては夜になると、気晴らしにサー・フランシスのところに転がりこんできたものだ。イギリス貴族の称号は今ではハリウッドじゅうにあふれているが、本物もないわけではない。しかし、サー・アンブローズがサー・フランシスのことを、「ロイド・ジョージ政権の乱造爵位」だと言って軽蔑しているのをみんなは知っていた。仕事の失敗が重なって、今では老人と初老の男の間に大きなへだたりができていた。サー・フランシスは宣伝部に左遷され、クリケット・クラブの方も、十二人いる副会長の一人にすぎない。自宅のプールは、昔は水族館のように女優たちの美しい肢体《したい》がきらめいていたのに、今では干上がってひびが入り、雑草におおわれている。

しかし、二人の間には騎士道的な絆があった。

「メガロの方はどうなの？」サー・アンブローズが尋ねた。

「ごたごたしていてね。ジャニータ・デル・パブロのことでもめているんだ」

「『甘く、もの憂く、悩ましく』だっけ？」

「それは違う。『無愛想《ぶあいそう》、眼光ぎらぎら、サディスティック』というのが売り文句でね。いや、売り文句だったと言うべきか。このコピーは僕が自分で考えたから、知っていて当然なんだ。こちらの業界で言う『スマッシュヒット』の大当たりでね。女優を売り出す新機軸になった。

ミス・デル・パブロは初めから目をかけていた。あの娘《こ》が来た日のことを憶《おぼ》えているよ。リーオは目が気に入って雇ったんだ。最初、みんなはベイビー・エアロンソンって呼んでいた。目が素晴らしくて、黒髪の頭のかたちがよかった。それでリーオがスペイン娘ということにしてね。まず整形手術で鼻を低くし、六週間フラメンコの歌を習わせにメキシコへやり、それから僕に引き渡したというわけ。名前をつけてやったのも、反ファシスト難民ということにしたのも、フランコ将軍のムーア兵に乱暴され男嫌いになったと触れこんだのも、みんな僕なんだ。当時は新しい売り出し方でね。それが当たった。あの娘の演技もなかなかのものだったよ。睨みつけるのなんか、地《じ》のままでずっとするほど凄かった。脚はお世辞にも写りがいいとは言えないので、長いスカートで隠すようにしていた。暴行シーンで下半身を撮るときは代役を使ったんだ。僕はあの娘を自慢にしていたし、少なくともまだ十年はいけるはずだった。

ところが今度、上の方で路線の変更があってね。映倫のお気に召すように、今年は健全な映画しか作らない。それで気の毒だが、ジャニータにはアイルランドの田舎娘になってもらって、またゼロから再出発というわけ。髪も赤く染めさせられた。アイルランド娘は黒髪だと言ったんだが、テクニカラー部の連中が聞き入れなくてね。今じゃ毎日十時間、アイルランドなまりを勉強させられている。何より辛かったと思うが、歯は全部抜かれてしまってね。以前は笑顔をつくる必要はなかったし、歯並びも唸り声に向いていた。今は笑うと、あばずれのような顔になる。いずれ、総入れ歯にしなくてはならんだろう。

この三日間、あの娘のお気に召すような新しい名前を考えているんだが、どれも撥《は》ねつけられてしまってね。モーリーン――もう二人いるわ。ディアドゥリ――まともに発音できる人なんかいないわよ。ウーナ――中国人みたい。ブリジット――月並みだわ。本当は、ご機嫌がよろしくないだけの話なんだがね」

サー・アンブローズはこちらの習慣に従って、このときまで耳を傾けるのを遠慮していた。

「ああ」やっと彼が口を切った、「健全映画ね。大いに結構じゃないか。僕はナイフ・アンド・フォーク・クラブでこうぶったことがある、「映画に関してわたしは一貫して、二つの原則を守って参りました――家庭でしたくないことをカメラの前でするな。カメラの前でしたくないことを家庭でするな」とね」

彼はこの件についてさらにまくし立てたが、その間、今度はサー・フランシスがもの思いにふける番だった。こんなふうに雄弁と放心を交互に繰り返し、片眼鏡《モノクル》ごしに黄昏《たそがれ》を見やりながら、二人の勲爵士は一時間ばかりロッキングチェアに隣り合って坐っていたが、青年がときどき彼らと自分のグラスに酒を注ぎたした。

回想にはお誂《あつら》え向きの時だった。それで、サー・フランシスは沈黙している番のときに、四半世紀以上も昔に還り、ツェッペリン飛行船の恐怖から永久に解放されて間もない、霧深いロンドンの街を彷徨《さまよ》っていった。詩歌《ポーエトリ》書店で自作を読みあげているハロルド・モンロー、「ロンドン・マーキュリー」掲載のブランデンの最新作、フェニックス座のマチネーで演じているロビン・ド・ラ・コンダミーン、グローヴナー・スクエアでのモードとの午餐、ハノーヴァー・テラスでのゴスとのお茶の会。ふだんはフリート・ストリートのパブに出演し、休みの日にはメトロランドでクリケットに興じる、神経症を病む十一人のバラッド歌手たち。校正刷りを手にして彼の袖を引いている少年、無数の有名人のために催された無数のパーティでの無数の祝辞……。

サー・アンブローズにはもっと波瀾にとんだ過去があったが、彼は実存的に生きていた。彼は現在の自分だけを考え、目ざましい成果をあげたときは、一人悦に入り、それで満足していた。

「さあ」意を決したように、サー・アンブローズが言う、「もう失礼しなくては。奥方を待たせちゃいけないからね」。しかし、みこしを上げるどころか、今度は青年の方に向き直った。「バーロー君、きみのほうはどうなんだ。最近はクリケット場にも姿を見せないじゃないか。メガロでは忙しいんだろうね」

「いえ。それに実を言うと、僕の契約は三週間前に切れたんです」

「へえ、そうなんだ。休みができて結構じゃないか。僕だったら嬉しいと思うだろうね」。青年は答えなかった。「余計なおせっかいかもしれないが、何か気に入ったのが現われるまで、しばらくのんびりしていることだ。最初に来たのに飛びついちゃいけないよ。ここの連中は自分の値打ちを知っている人間に敬意を払う。彼らの尊敬を繋ぎとめておくことが、何より肝腎《かんじん》だからね。

バーロー君、われわれイギリス人は特殊な立場を維持していかなくちゃならんのだ。彼らはわれわれのことを少しは嗤《わら》うだろうさ。話し方とか服装とか片眼鏡《モノクル》とか。仲間意識が強くて、気取っていると思っているかもしれん。だが間違いなく、われわれに敬意を払っている。きみのボスのユダヤ人、あの男は人を見る目がある。自分が買っているものの値打ちがわかっているから、きみがここで会うイギリス人はみんな一流だ。バーロー君、僕は大使になったような気がすることがよくある。責任感というのかな。程度は違っても、ここにいるイギリス人はみんなそれを分担しているんだ。みんながみんなトップにはなれないが、責任感があるという点では同じだ。負け犬の中にイギリス人はいない。もちろん本国では別だがね。われわれがお手本を示したお陰で、ここの連中もそのことはわかっている。仕事の中には、イギリス人なら絶対にやらないというのがある。

数年前、不幸なケースがあってね。舞台装置で売り出した、なかなかいい青年だった。頭は切れるんだが、すっかりアメリカかぶれしてしまってね。靴は既製品を履く、ズボン吊《つり》のかわりにベルトを使う、ネクタイはしない、食事はドラッグストアですませる、といった具合でね。そうこうするうち、信じられんような話だが、奴《やっこ》さんイタリア人と組んでレストランを開いた。案の定、だまされたね。すると今度は、カウンターのうしろでカクテル・シェーカーを振りはじめた。ひどい話さ。奴さんを本国に送還しようというので、クリケット・クラブで募金をしたんだが、言うことを聞かないんだ。あきれたことに、ここが気に入ってますからとぬかしやがった。バーロー君、やつは取り返しのつかない傷をつけてくれた。何のことはない、やつは脱走兵だったんだ。ありがたいことに戦争が始まった。今度はおとなしく本国に帰って、ノルウェーで戦死してくれた。罪滅ぼしをしてくれたわけだが、初めから罪作りの種がない方がどんなに有難いかっていつも思うんだ。そうだろう?

ところでバーロー君、きみはきみの専門の方では名のある男だ。そうでなきゃ、ここにはいないはずだからね。詩人は売れ口がたくさんあるわけではないが、いずれここでもまた必要になるだろうし、そうなれば三顧の礼をとってきみを迎えに来るだろうさ。それまでに彼らの尊敬を失うような真似をしなければの話だがね。僕の言っている意味わかるよね?

やれやれ、家内に夕食を待たせているのに、偉そうに説教なんかして。失礼しなくては。フランク、いずれまた。話、楽しかったよ。クリケット・クラブにももっと顔を見せてほしいな。お若いの、さようなら。僕が話したことを忘れないでほしいね。老いぼれに見えるかもしれんが、何を言っているかはわかっているつもりだ。お二人とも、どうかそのまま。道はわかっているよ」

すっかり暗くなっていた。主《あるじ》を待っていた車のヘッドライトが、棕櫚《しゅろ》の木立の向こうに扇状の眩《まばゆ》い光を注ぎ、家の正面を掃くようにかすめると、ハリウッド大通りの方に消えていった。

「今の話、どう思われます?」デニス・バーローが言った。

「奴さん、なにかを嗅ぎつけた。それでここに来たんだろう」

「いずれわかることだったんです」

「イギリス人社会の村八分も殉教のうちに入るのなら、棕櫚と光背《こうはい》に備えよ(棕櫚はキリスト受難の、光背は聖者のしるし。どちらも殉教に関係がある）だね。今日は会社には行かなかったんだろう？」

「僕は夜勤なんです。今日はなんとかものにしました。三十行。ご覧になりませんか」

「いや、やめておこう」サー・フランシスが言った、「国外追放同然のわが身にとって、活字になっていない詩を読まなくていいというのは——まあ、活字になっていてもいなくても同じことだが——今の僕にとっては数知れない償いの一つでね。持って帰って、暇なときに推敲《すいこう》することだ。読んでも面喰らうだけだろうし、理解できないだろう。それに、こうして生贄《いけにえ》になっているのも悪くはないと思っているのに、そのありがたさを疑うはめになるかもしれないしね。きみは才能に恵まれている。イギリス詩壇の希望の星だ。誰かがそう言っているのを耳にしたことがあるし、僕も心底、そう信じているよ。きみが束縛から逃れようとするのを見て見ぬふりをすることで、芸術のためには十分奉仕させてもらった。もっともその束縛に、こっちは長年、喜んで甘んじているんだが。

　子供のころ、『虹の彼方へ』という題のクリスマス劇に連れていってもらったことはないかい？　じつにくだらん芝居でね。聖ジョージと海軍少尉候補生が絨毯《じゅうたん》に乗って、竜の国へさらわれた子供たちを助けに行くという話だ。僕にはそれが、いつもひどいお節介に思えた。子供たちは楽しく暮らしている。忘れもしないが、彼らは家から来た手紙を開けもしないんだ。きみの詩は僕に届いた家からの手紙さ。キェルケゴールやカフカや「スコッティ」・ウィルソンと同じようにね。文句も不平も言わないかわり、手紙も開けずにおくよ。さあ、酒を注いでくれ。僕はきみへの「死の警告《メメント・モリ》」。今は「竜の国王」にすっかり魅入られてしまってね。ハリウッドは僕の命というわけさ。

この間ある雑誌に載っていたんだが、胴体から切り離された犬の首の写真を見なかったかい。ロシアの科学者が、ロシア人らしい不快なことを思いついたんだね。ポンプで瓶から血を送りこんで、犬を生かしているんだ。犬は猫のにおいをかぐと、よだれを垂らす。ここにいる僕らイギリス人も皆それさ。撮影所はポンプを使って僕らを生かしておいてくれる。少しぐらいはぎこちない反射運動ができるだろうが、それだけの話さ。瓶とのつながりを断たれたら、あっさりおだぶつだよ。きみに英雄的な決意をうながし、自立した仕事に就かせたのも、一年以上ものあいだ来る日も来る日も、きみの目の前に僕が自分のような見本を示しておいたからだと思いたいね。きみは証拠を見たわけだが、ときには論の方も聞いたことがあるだろう。手遅れにならないうちに撮影所をやめたまえと、あからさまに忠告したことだってあるかもしれない」

「ご忠告いただきました。千回も」

「まさか、そんな大げさな。酔っているときに一度か二度だろう。千回ということはない。それに僕の忠告は、ヨーロッパに帰りなさいということだったと思うけど。きみの今度の仕事みたいに、べらぼうに不気味《マカーブル》でエリザベス朝ふうなのを勧めたつもりは断じてないんだがね。今度の雇い主には気に入られていると思うかい」

「僕の身ごなしが今の仕事に合ってるんです。ボスが昨日そう言っていました。僕の前にいた男は、趣味の点で反感を買ったんだとか。僕は恭《うやうや》しいところが気に入られています。愁いを帯びた感じとイギリス英語の相乗効果ですかね。お客さんが何人も好意的に評価してくれました」

「しかし、国外放浪組の同胞たちはなんて言うだろうね。共感してもらうわけにはいかないんじゃないか。さっきやって来た男はなんて言った？　仕事の中には、イギリス人なら絶対にやらないというのがあるんだ、って言わなかったかい？　きみの仕事は間違いなくその一つだね」

夕食後デニス・バーローは仕事に出た。彼はバーバンクの方に車を向け、派手な照明のモーテルと、「囁きの森」霊園の「黄金の門」やライトアップされた教会堂の前を通り、ほとんど市のはずれにある職場にやって来た。同僚のミス・マイラ・ポスキが、化粧を直し帽子をかぶって、交替になるのを待っていた。

「遅れずに来たでしょう」

「ありがたいわ。プラネタリウムでデートなの。そうでなきゃ、コーヒーぐらい淹《い》れてあげるんだけど。「思い出のカード」を何通か発送したほかは、一日中何もすることなかったのよ。あ、そうそう、もし「もの」がきたら、こんな暑い天気だから、すぐ氷に載せておくようにって。シュルッさん、そうおっしゃってたわ。じゃあね」。デニスひとりに仕事を任せ、彼女は行ってしまった。

オフィスは地味で上品な趣味でしつらえてあったが、マントルピースに載せてある、一対のブロンズ製の仔犬がそれを引き立てていた。白琺瑯《ほうろう》引きスチール製の、丈の低い死体運搬用の台車だけが、無数にあるアメリカの会社の受付ロビーとの違いを際立たせていた。それに病院特有のにおいが。薔薇《ばら》を生けた花瓶が電話機のそばに置いてあり、その香りが消毒液のにおいと争っていたが、優勢を占めるには至らなかった。

デニスは肘掛椅子に坐ると、足を台車の上に載せ、本を読む姿勢を整える。空軍での生活が彼を詩の愛好家から、詩の中毒患者に変えてしまっていた。彼が知っている何篇かの詩のありふれた一節は、種々様々な連想作用によって、お望みの感興をかならず与えてくれるのだ。実験するまでもなく、こうした詩句は極めつけの特効薬であり、効き目の確かな魔法だった。喫いなれた煙草の箱を開ける女性のような手つきで、彼は詞華集を開けた。

窓の外では、煌々《こうこう》とヘッドライトを点け、ラジオの音量を目いっぱい上げて、町を出入りする車がひっきりなしに通り過ぎていく。

「み胸に抱かれ緩やかに　萎《しお》れゆく身ぞわが運命《さだめ》」彼は読んだ、「ここ静かなる地の涯に」*。それから修道僧が祈りに際し、大事な聖句を一つだけ何度も繰り返すように、繰り返しつぶやいた、「ここ静かなる地の涯に」

やがて電話が鳴った。

*「み胸に抱かれ…」　テニソン「ティトーノス」六―七行。ティトーノスはギリシア神話で曙の女神エオースに愛されたトロイの王子。永遠の生命を許されたが、同時に永遠の青春を願うことを忘れたので次第に老衰し、最後は蟬に姿を変えられた。サー・フランシスの運命を暗示する。

「「幸せの園」です」彼が言った。

興奮してかすれたような女性の声が、彼の耳に聞こえてきた。このような状況でなければ、女性は酔っていると思っただろう。「あたしシオドラ・ハインケル。ミセス・ウォルター・ハインケル。ベルエア区ヴァイア・ドロローサ二〇七番地の。すぐに来てちょうだい。電話では話せないわ。あたしのアーサーが――今家へ運び込まれたとこなの。あの子、朝一番に外に出たきり帰ってこなかったの。前にもときどき、そんなふうに家を出たきり帰ってこなかったことがあったので、心配しなかったわ。あたし主人に言ったの、『でもあなた、アーサーちゃんがどこにいるかわからないのに、食事に行くなんてできないわ』って。そしたら、主人たら『なんだって。こんな今になって、ミセス・レスター・スクランチとの約束、取り消せないじゃないか』と、こうよ。それで出かけることになって、あたしスクランチさんの右側に坐ってたの。そしたら電話で知らせてくれて……もしもし、聞いてるわね?」

デニスは、吸い取り紙の上に載せておいた受話器を取り上げた。「ハインケルさん、すぐ伺います。ヴァイア・ドロローサ二〇七番地とおっしゃいましたよね」

「電話で知らせてくれたとき、レスター・スクランチさんの右側に坐ってた、と言ったのよ。一人で歩けなくて、スクランチさんと主人に車まで支えてもらったの」

「これから伺います」

「一生、自分が許せないわ。家に運び込まれたとき、誰もいなかったなんて。メイドは外出してて、清掃車の運転手がドラッグストアから電話で知らせてくれたの……もしもし、もしもし、聞いてるわよね。市の清掃人夫が、ドラッグストアから電話してくれたって言ったのよ」

「ハインケルさん、今出ます」

デニスはオフィスの戸締りをし、ガレージから車を出した。自分のではなく、仕事に使う黒のライトバンだった。三十分後、彼は喪中の家に着いた。彼を迎えに、肥った男が庭の小径をやって来た。男は当地の最新の流行に合わせて、イヴニング用の盛装をしている。ドニゴール・ツイード、サンダル履き、胸半分の大きさのモノグラムを刺繍した、草色の絹の開襟シャツ。「どちらさんですか」男が言った。

「W・H氏にすべての幸せを」*デニスは思わず言ってしまった。

「なんだって」

「幸せの園の者です」デニスが言う。

間に合いますか」

「さあ、家の方へ」

デニスはワゴン車のハッチを開け、アルミのケースを取り出した。「大きさはこれで

「じゅうぶん」

二人は家の中に入った。ローネックの長いガウンにダイアモンドのティアラ、同じようにイヴニングの装いをした女性が、グラスを手にして玄関ホールに坐っていた。

「今度のことは、家内にはひどくこたえてね」

「アーサーを見たくないの。この話したくないわ」女性が言った。

「幸せの園が責任をすべて肩代わりいたします」デニスが言った。

「こちらへ」ハインケル氏が言う、「食料貯蔵室《パントリ》の方へ」

シーリハム・テリアが、流しのそばの水切り台の上に載せてあった。デニスはそれをケースの中に納めた。

「手を貸していただけないでしょうか」

彼はハインケル氏と一緒にケースをワゴン車まで運んだ。

「葬儀の打ち合わせは今がよろしいでしょうか。それとも明朝お伺いしましょうか」

「朝はけっこう忙しいんでね」ハインケル氏が言う、「書斎へ来て下さい」

机にはトレーが載っている。二人はウイスキーを注いで飲んだ。

「こちらが当社の業務内容を説明したパンフレットです。どちらをお考えでしたか。埋葬ですか、茶毘《だび》ですか」

「よくわからないけど」

「土葬になさいますか、火葬になさいますか」

「火葬だろうね」

「骨壺にはいろいろな形がございまして、写真を何枚か持ってきておりますが」

「一番上等のでいい」

「当社の納骨室に壁龕《へきがん》をお取りしましょうか。それとも、遺骨はご自宅に置いておかれますか」

＊「W・H氏にすべての幸せを」　シェイクスピア『ソネット集』の献辞に出てくる言葉。ウォルター・ハインケル氏が自身の頭文字（WH）の縫い取りをしたシャツを着て現われたので、それを見たとたん詩の中毒患者デニスは思わず口走ってしまった。

「きみが最初に言った方に」

「それからご葬儀の方は。いつでも喜んで立ち会って下さる牧師さんを用意しておりますが」

「そうですね、ミスター……?」

「バーローです」

「バーローさん、わたしらはどっちも、俗に言う教会通いをする人間じゃないんです。でも場合が場合ですから、家内もそちらの提供する特典を利用したいと思うでしょう」

「当社の一級葬には、当社独自の特色がいくつか含まれております。火葬の際に、死者の魂を象徴する白鳩を火葬場の上に放ちます」

「そうね」ハインケル氏が言った、「家内は鳩のことは喜ぶと思います」

「それから、追加料金は頂かないで、命日ごとに「思い出のカード」を郵送させていただきます。こういう文面です――あなたのかわいいアーサーは、今日天国で小《ち》っちゃな尻尾を振りながら、あなたを思い出しています」

「バーローさん、とてもいいアイデアですね」

「それでは、こちらの申込書にサインをお願いできますでしょうか」

バーローが玄関ホールを通りすぎるとき、ハインケル夫人は彼に厳粛な面持ちでお辞儀をした。ハインケル氏が車のドアのところまで彼を送ってきた。「バーローさん、お近づきになれてうれしく思っています。ほんとうに、重大な責任の肩代わりをして下さったわけですから」

「それが、幸せの園の念願としているところなんです」そう言うと、デニスは車を出した。

事務所に着くと、彼は犬を冷蔵庫に運んだ。冷蔵庫の中は広く、もう二、三匹、小さな死体が入れてあった。シャム猫の隣に、フルーツジュースの缶とサンドイッチが置いてある。デニスはこの夕食を受付ロビーへ持って行って、それを食べながら中断した読書を続けた。

何週間か経って、雨期が来た。招待状は少なくなり、やがて来なくなった。デニス・バーローは楽しく仕事を続けていた。芸術家は生来、多才で几帳面である。彼らが不平を洩らすのは、単調で間に合わせの仕事にかかずらっているときだけだ。デニスは前大戦中に、このことに気づいた。近衛歩兵第一連隊にいた詩人肌の友人は最後まで熱心に勤務したが、空軍輸送部隊の地上勤務士官だった彼の方は、いらいらのしどおしだった。

　彼の最初で最後の本が出たとき、彼はイタリアの港で空軍優先物資を扱う仕事をしていた。それまでの十年間、イギリスは歌い鳥の巣ではなくなっていて、ラマ僧の雪中探索よろしく、文壇はルパート・ブルック*の再来を探し求めたが、徒労に終わった。デニスの詩集は、ロケット爆弾と、独善的でおしつけがましい政府刊行物に交じって世に出、図らずも、被占領下ヨーロッパの抗独レジスタンス出版所が果たしたような効果をもたらした。それはひどく褒めそやされ、用紙統制さえなければ、小説のように売れていただろう。二段抜きの批評を載せた「サンデー・タイムズ」がカゼルタに届いた日、デニスは空軍中将の私設秘書のポストを打診された。彼はそれをにべもなく断って優先物資担当士官を続けたが、本国では本人不在のまま六つの文学賞を授与された。除隊後ハリウッドに来て、シェリーの生涯を映画化するシナリオの制作を手伝った。

メガロポリタン映画社では、軍隊生活のひどい空虚感がすべて再現したような気がしたが、撮影所にありがちな神経症的興奮のせいで、それを一層つよく感じた。彼は愚痴をこぼし、絶望し、撮影所を飛び出した。

彼は、今は満足していた。やりがいのある仕事に熟達し、シュルツ氏に気に入られ、ミス・ポスキをやきもきさせながら。生まれて初めて、彼は「道を切り開く」ことがどういうことかを知った。彼の往く道は細い道だったが、高貴で木陰の多い道であり、無限の彼方へと続いていた。

顧客のすべてがハインケル夫妻のように、気前がよくて御しやすいわけではない。十ドルの埋葬費に驚く人もいたし、ペットの死体に防腐処置をさせておきながら、東部に行ったまま忘れてしまう客もいた。ある女性など、一週間以上アイスボックスの半分を占拠して牝熊の死体を預けておいたあと、気が変わって剝製師《はくせいし》を呼びつけたものだ。盛大で、飲めや歌えの酒神祭に近い無宗派のチンパンジーの火葬、小さな墓のところで、海兵隊の喇叭《ラッパ》手《しゅ》が葬送喇叭の吹奏までしたカナリアの埋葬――こんな葬儀もあったことを思えば、今は暗い不景気な日々である。人間の遺骨を飛行機から撒《ま》くことは、カリフォルニアの州法で禁じられているが、空は動物に対しては何の規制もない。デニスはあるとき、トラ猫の灰をサンセット大通りの上空で、プロペラの後流に流す仕事を任された。その日、彼の写真が地方紙に載り、イギリス人社会からの村八分は決定的になった。しかし、彼自身は満足していた。彼の詩は書いては消しの繰り返しだったが、どうにか目につくぐらいの成長は続けていた。シュルツ氏は給料を上げてくれ、青春の傷は癒えた。ここ静かなる地の涯で、彼はそれまで一度しか味わったことがない静謐《せいひつ》な喜びを経験した。それは、学寮対抗試合中に名誉の負傷で足をやられ、学校中が野外軍事演習に行進していくのを療養室のベッドで聞いていた、復活節初めのある晴れた日のこと

＊ルパート・ブルック　イギリスの詩人。抒情詩に新しい境地を開いた。第一次大戦に従軍し、二十七歳で病没。詩と理想社会への熱い思いは、その美貌と相まって人々を魅了した。

だった。

しかしデニスが成功しているころ、サー・フランシスはうまくいっていなかった。老人はいつもの冷静さを失いかけていた。食事中も落ち着きがなく、一睡もしないで静まり返った明け方のベランダをうろつきまわる。ジャニータ・デル・パブロは役柄を変えられたのが気にくわず、かといって上層部に当たり散らす力もないので、旧友を困らせていた。サー・フランシスは膨れあがる悩みをデニスに打ち明けた。

ジャニータの代理人は形而上学的な問題点を追及してきた。芸名のないジャニータは、そもそも存在していると言えるのか？　存在しない彼女を抹殺するために、契約という法的な拘束をかけることは許されるのか？　名前というアイデンティティの普通の徴《しるし》も得ていないのに、その彼女と契約を結ぶことは許されるのか？　サー・フランシスはジャニータ変身の責任を問われた。十年前は何と気軽に彼女を世に送り出したことか——ダイナマイトを胸に秘め、ビルバオの海岸通りに現われる魔性の女！　今はケルト神話の名前を詮索し、新しい伝記ものを仕立てようと、何と苦しい努力を重ねていることか——モーン連山の奇譚！　土地の農夫たちが妖精の取替えっ子《チェンジリング》とも、小人《こびと》レプラコンの腹心の友とも噂している裸足の娘。驢馬《ろば》を小屋から追い出して、岩や滝にイギリス人旅行者を翻弄する手に負えないおてんば娘。彼はそれをデニスに読んで聞かせたが、だめなことはわかっていた。

彼は会議の席上、今は芸名がない女優、彼女の代理人兼弁護士を前にしてそれを読みあげた。その席にはメガロポリタン映画社の法規部、宣伝部、人事部、国際関係部の取締役部長も同席していた。ハリウッドでの経歴を顧みて、サー・フランシスは一度の会合に、これほど多くの最高評議会のお偉方と席をともにしたことはなかった。彼らは審議もしないまま、彼のストーリーを却下した。

「フランク、一週間ばかり家で休養するといい」人事部長が言った、「趣向を変えてみてはどうかね。それとも今度の仕事、あなたには少し合わないのかな」

「いや、そんなことは」サー・フランシスは元気のない声で言った、「そんなことはありません。今日の会議は大変参考になりました。みなさんが何を求めておられるか、それがよくわかりました。もう困ることはないと思います」

「あなたがお書きになるもの、いつも面白く拝見しています」国際関係部長が言った。

しかし、彼の背後でドアが閉まると、お偉方は顔を見合わせ、首を振った。

「またもう一人、過去の人が生まれたってことか」人事部長が言った。

「家内のいとこがこちらに来ていてね」宣伝部長が言う、「この仕事を彼にやらせてみようと思うんだが」

「そうだよ、サム」全員が口をそろえる、「きみの奥さんのいとこに、これをやらせてみたら」

その後、サー・フランシスは自宅にこもり、数日間、口述筆記をしに秘書が毎日通ってきた。彼はジャニータの新しい芸名と新しい伝記物語をあれこれ考えてみた。ゴールウェイ狩猟クラブのマスコット的美女キャスリーン・フィッツバーク。あの峻険な地方の、川岸や城壁に降り注ぐ光キャスリーン・フィッツバーク。猟犬だけをお供に連れ、フィッツバーク城の崩れかけた塔を後にするキャスリーン・フィッツバーク……。それからある日、秘書は来なかった。彼は撮影所に電話をした。電話は、本部のオフィスを次々にたらい回しにされたあげく、やっと男の声が返ってきた。「サー・フランシス、この件は正規の手続きで決まったことなんです。ミス・マヴロコーデイトはケータリング課に異動になりました」

「じゃあ、誰か別の人をよこしてもらわなくては」

「今すぐ代わりを、というわけにはいかないんですよ」

「わかった。不便は不便だが、今手がけている仕事は撮影所に出向いて片付ける。僕の家に車をよこしてくれないか」

「ヴァン・グラックさんにお繋ぎします」

電話はまた羽子のようにいったりきたりして、最後に男の声が聞こえた。「輸送係長です。サー・フランシス、申し訳ありませんが、今こちらに撮影所用の車はないんです」

リア王の衣鉢《いはつ》を引き継がされたような思いで、サー・フランシスはタクシーで撮影所へ向かった。受付の女性に会釈をしたが、いつものような丁重さはなかった。

「おはようございます、サー・フランシス」彼女が言う、「何かご用ですか」

「いや、何も」

「どなたかお探しになっているんじゃありませんか」

「いや、べつに」

エレベーターガールは怪訝《けげん》な表情で彼を見た。「上ですか?」

「もちろん、三階」

彼は代わり映えのしない見慣れた廊下を歩き、見慣れたドアを開け、突然立ち止まった。知らない男が机に向かっていたのだ。

「これは失礼」サー・フランシスは言った、「おれとしたことが。こんなことは初めてだ」。後ずさりすると、ドアを閉め、閉めた後しげしげと見た。彼の部屋の番号だった。間違いではなかったのだ。シナリオ制作部からここに移って以来、十二年もの間、彼の名前を掲げ続けてきた名札受けには、タイプ印書した〈Lorenzo Medici〉という名札が入っていた。彼はもう一度ドアを開けた。「失礼」彼は言った、「これはきっと何かの間違いです」

「かもしれませんよ」メディチ氏は機嫌がよかった、「この部屋、なんだか変な感じなんですよ。部屋からがらくたを掃き出すのに、午前中の半分がた時間を取られました。誰かがここで暮らしてたみたいに、がらくたの山でしてね——薬瓶、本、写真、子供のゲーム。くたばったばっかりの、イギリス人の爺さんの部屋だったらしいけど」

「わたしがそのイギリス人ですが、まだくたばってはいませんよ」

「それはよかった。がらくたに、大事なものは入ってなかったでしょうね。まだどこかにあると思いますが」

「オットー・ボーンバインに会わなくては」

「あの人も変わった人ですね。でも、がらくたのことは何も知らないと思います。廊下に出しておいたから、用務員か誰かが……」

サー・フランシスは、同じフロアにある副部長のオフィスに行った。「ミスター・ボーンバインはただいま会議中です。こちらから電話をするように申しましょうか」

「待たせてもらいます」

彼は間仕切りをした外側の事務室に腰を下ろした。二人のタイピストが、電話を使って長い愛の語らいを楽しんでいる。やっとボーンバイン氏が出てきた。「やあ、フランク」彼が言う、「わざわざ立ち寄ってくれて、どうも。本当にありがとう。また来てよ。フランク、しょっちゅう顔を見せてくれ」

「オットー、きみに話があったんだ」

「フランク、今ちょっと忙しくてね。来週いつか電話を入れるけど、それじゃいけないかな」

「今部屋に行ってみたら、メディチとかいう人が入ってるんだ」

「そうなんだよ、フランク。ただ本人はメディシと言っているがね。きみの言い方だとなんかイタリア人みたいに聞こえるよね。メディシ氏はすごく素晴らしい立派な経歴の、とても立派な青年だよ。会ってもらえてよかった」

「それじゃ、僕はどこで仕事をすればいいんだ」

「いいかい、フランク。その件について話をしたいのはやまやまだが、今は時間がないんだ。きみ、時間ないよね」

「ええ、副部長」秘書の一人が言った、「本当にその時間はありませんわ」

「お聞きのとおりだ。時間がないんだよ。そうだ。きみ、サー・フランシスが部長に会えるように取り計らってくれないか。部長はきっと喜ぶと思うよ」

それでサー・フランシスは、ボーンバイン氏の直接の上司であるエリクソン氏に会い、彼が一時間前にぼんやりと推測したことを、北欧的なぶっきらぼうな言い方で聞かされた——メガロポリタン映画株式会社への、長年にわたる彼の勤務は終わったのだということを。

「直接口で言ってもらった方が親切というものです」サー・フランシスが言った。

「手紙が行くところです。ご存じのとおり、ことが手間取る場合もあるんでね。別々の部から、いちいちOKをもらわなくてはいけない——法務部、財務部、労務部。でもあなたの場合は、問題はないと思っています。幸いあなたは、組合《ユニオン》に入っておられないので。ときどきこの三大部局が、人材を浪費するといって抗議してくることがあるんです。ヨーロッパや中国などから人を連れてきて、一週間で馘《くび》にしたというような時にね。でもあなたの場合には、この問題は起こらない。あなたの勤続年数は新記録じゃないですか。二十五年勤続でしょう。契約書に帰国旅費の条項はありませんね。あなたの満期退社の件はすぐに決済しなくては」

サー・フランシスはエリクソン氏の部屋を辞去し、この大きな蜂の巣状の建物から外に出た。そこはウィルバー・K・ラティット記念ビルと呼ばれていて、サー・フランシスが初めてハリウッドに来たときは、まだ建っていなかった。当時ウィルバー・K・ラティットは健在で、むっちりした手で握手をしてくれたことがあった。サー・フランシスはその建物が上へ上へと伸びていくのを見守り、落成式では最上席ではなかったが、上座に坐らされたものだった。彼はオフィスに人が一杯になってはまた入れ替わり、ドアの名札が変わるのを見てきた。彼は人の到来と退去を見てきた。エリクソン氏とボーンバイン氏が来、今では名前も忘れてしまった人たちが去っていくのを見てきた。彼はガーデン・オヴ・アラー・ホテルの上層階から身投げして、ホテルの勘定を未払いのまま亡くなった、可哀《かわい》そうなリーオのことを思い出した。

「お探しのかたにお会いになれましたか?」彼が外の光の中へ出ていくとき、受付の女性が尋ねた。

芝は南カリフォルニアではあまり育たない。だからハリウッドの土地では、クリケットの大幅な技術の向上は望めなかった。じっさい試合は、青少年会員たちが気まぐれにすることはあったが、大多数の会員にとって、かつて魚小売商や靴職人がロンドン市同業者組合を左右したのと同程度の、わずかな関心しか惹かなかった。彼らにとってクリケット・クラブは、イギリス人であることの象徴なのだ。彼らはそこで赤十字社への寄付金を集めたり、彼らの雇用者であり保護者であるアメリカ人の悪口を、彼らには聞こえないこの場所で気楽に言い合った。サー・フランシス・ヒンズリーの思いがけない死があった翌日、国外放浪者たちは、まるで警報に召集されたかのように、そこに集まってきた。

「バーローが見つけたんだ」

「バーローって、メガロのかい?」

「以前はメガロにいたんだがね。契約が更新されなかったんだ。その後……」

「うん、聞いたよ。あれはショックだったな」

「僕はサー・フランシスとはまったく付き合いがなかった。僕より少し前の世代の人だからね。どうしてあんなことをしたのか、知ってる人はいるの？」

「あの人の契約も更新されなかったんだ」

これは、ここに集まった者たち誰にとっても不吉な言葉、それを口にした後では必ず魔除けにこっそり木に触ったり、指で十字を切ったりする言葉、言わずにおくのが一番いい不浄な言葉であった。彼ら一人一人に、契約の署名から満期になるまでの間の短い命が与えられていたが、その向こうには広大な不可知の世界が横たわっていた。

「サー・アンブローズはどうしたのかな。夕方には来るはずなんだが」

ついに彼がやって来た。みんなはそのコールドストリーム・ブレザーに、もう喪章がついているのに気づいた。お茶の時間は過ぎていたが、彼は紅茶をもらい、クラブハウスじゅうに息苦しいほど充満している不安な空気を嗅ぎ取ると、こう言った。

「フランクのおぞましい一件のことは、諸君もうお聞きでしょうな」

ざわめき。

「彼は不幸な晩年を送った。彼の羽振りのよかったころを憶《おぼ》えている人は、わたしを除けば、ハリウッドには誰もいないと思う。彼は忠勤を励んだのだ」

「あの人は学者で紳士だった」

「そのとおり。爵位のあるイギリス人で、映画界に入った最初の人間だった。わたしが、いやわれわれみんながこの地で生きていく、その基礎を築いた人だと言っていいかもしれない。われわれの初代の大使だった」

「会社はあの人を馘にしなくて済んだんじゃないかと思うよ。連中は彼の給料のことは、見て見ぬふりをした。もちろん彼の方でも、あれ以上負担をかけるわけにはいかなかっただろうが」

「ここじゃみんな長生きするからな」

「いや、そんなことじゃない」サー・アンブローズが言った、「別な理由があったんだ」。いったん言葉を切ると、声量豊かな作り声で続ける。「ここでのわれわれみんなの生活に関係することだから、諸君にも話しておいた方がいいと思う。ここ何年か、フランクを訪ねた人は諸君の中でもそう多くはないでしょう。わたしは彼の家へ行ってみた。ここにいるイギリス人全員と連絡を取るようにしていたのでね。知っている人もあると思うが、彼はデニス・バーローという若いイギリス人を家に泊めていた」。クリケット・クラブの面々は、互いに顔を見合わせた。ある者はしたり顔に、ある者は怪訝そうに。「わたしはバーローをけなすようなことは言いたくない。彼は令名ある詩人としてここにやって来た。ただ残念ながら、成功しなかった。しかし、そのことで彼を非難するのは間違っている。ここは厳しい試練の場だからね。最も適した者だけが生き残るんだ。バーローは失敗した。そのことを聞いたときすぐに会いに行き、歯に衣を着せず、ここを引き払うように忠告した。そうすることは、諸君全員に対する義務だと思ったんだ。われわれ誰も、みじめなイギリス人にハリウッドをうろつきまわってもらいたくない。わたしは同胞に対して取れる、できる限りの率直かつ公平な気持ちで彼に言ってやったんだ。

彼の答えがどういうものだったか、諸君の多くは知っていると思う。彼はペットの葬儀社に職を得たんだ。

アフリカでは、白人が不面目なことをして同胞を失望させるようなことがあれば、当局はその男を本国へ送還してしまう。残念ながら、ここにいるわれわれにそんな権利はない。困るのは、一人が馬鹿なことを仕出かしてくれたために、みんなが迷惑することだ。事情が違っていたら、メガロがフランクを馘にしたと思いますか。しかし、ペットの墓地で働いている男と同じ家に住んでいることを会社が知った日には……。どういう結果になるか、言うだけ野暮《やぼ》でしょう。諸君は当地の作法がどういうものか、わたしと同じくらいよくご存じだ。アメリカ人の同僚に対して、わたしはとやかく言うつもりはありません。彼らはどこの職場にもいるいい連中だし、世界一立派な産業を興した。彼らには彼らの物差しがある、ただそれだけの話です。彼らを誰が非難できますか？ 競争の世界では、人は額面どおりの価値で受け取られる。すべてが評判にかかっているんです。東洋で言う「面子《めんつ》」というやつです。それを失えば、何もかも失う。フランクは面子を失った。わたしは、これ以上は言いません。

わたしは個人的には、バーローに同情している。しかし、今日は彼の肩を持つ気はありません。今その青年に会ってきたところです。そうすべきだと思ったのでね。みなさん、彼に会った時には、彼の主たる欠点が経験不足だということを思い起こしてほしい。彼は人の言うことを聞こうとはしなかった。だが……。

わたしは葬式の準備を、すべて彼に任せてきました。警察が遺体を引き渡してくれたら、すぐに「囁きの森」霊園に行ってくれることになっています。あの一件を忘れるために、何か仕事を与えてやれ——そう思ったんでね。

今度のことは、われわれが存在をアピールするいい機会だと思う。金を出し合わなくてはならないかもしれません。フランクはあまり金を残しているとは思えませんからね。しかし映画産業の経営者側から見て、これを契機にイギリス人社会が立派になったのであれば、金は無駄にはならないでしょう。ワシントンに電話をかけて、大使に葬式に参列していただくようお願いしてみたが、そうなる見込みはなさそうです。もう一度やってみます。それで状況が大きく変わるかもしれません。とにかく、われわれの結束が固いということがわかれば、撮影所が無視することはないと思う……」

彼が話している間に、陽は灌木の丘の向こうに沈んだ。空はまだ明るかったが、影がクリケット場のごわごわした堅い芝の上に延び、影と一緒に刺すような肌寒さが忍び寄ってきた。

デニスは涙もろいというよりも感性の鋭い青年だった。二十八歳の今日まで、荒っぽい事にはかかわり合いにならずに過ごしてきたのだが、彼にしても、他人が死ぬのを高みの見物と決め込むのは悪くないと思う世代の出身である。なんの巡り合せか人間の死体を見ずに済んでいたのに、その朝、宿直明けでぐったりして帰ってきてみると、居候先の主人フランシス・ヒンズリーが垂木《たるき》からぶら下がっていた。そのありさまはなんともすさまじく、一瞬その場にへなへなとくずおれてしまいそうになった。だが、さめた心の底ではこの出来事を、この世の決まった秩序の一部分として受け止めていた。もっと安穏な時代なら、こんな異常な事件に出くわせばすっかり生き方が変わってしまう人だっているかもしれない。けれどデニスにとって、自分の知っている世界では当然予想されることである。だから「囁きの森」霊園に車を走らせながら、彼の頭は快く興奮し、好奇心に満ちあふれていた。

初めてハリウッドに来てから何度となく、彼はこの偉大な霊園の名前が人々の噂にのぼるのを耳にした。並みはずれて有名な人の遺体が並みはずれて豪華な葬儀に付されたとか、現代美術の粋を集めたこの霊園のコレクションに何か新しい掘り出し物が付け加わったとか――そういうとき、この霊園の名前を地方紙上で見かけたことがある。それにここ何週間かは、彼の関心は前よりいっそう高まり、玄人《くろうと》じみたものになっていた。というのは「幸せの園」はこの偉大な隣人「囁きの森」と、けなげにも張り合おうと、もくろまれたものだったから。現に彼が今の職場で日ごろしゃべっている言葉は、この川上の高貴な水源に流れを汲んだ方言だったし、一度ならず、シュルツ氏は仕事をやり終えたあと、勝ち誇ったように「囁きの森ばりだったろう」と叫んだことがある。さて、詩人にしてペット葬儀師デニス・バーローは、法王庁に初めてお目通りかなう伝道師よろしく、あるいは、初めてエッフェル塔に登る赤道直下アフリカの酋長《しゅうちょう》さながら、今「黄金の門」を車でくぐり抜けたのである。

その門は巨大で世にもばかでかいしろもので、金泥《こんでい》がけばけばしく塗りたくられてあり、立て札には、ヨーロッパのどんな門にもひけをとらないことが麗々しく述べられている。門の向こうには金色の糸杉が半円形に植え込まれ、広い砂利《じゃり》道が続き、島のような形の手入れの行き届いた芝生が広がっていた。その上には本を開いた形に彫刻された大理石の壁がどっしり腰をすえていて、表面に一フィートもの大きさで、文字が刻み込まれている。

夢想

さなり、われは夢見たり、幸いを約束されたる新しき天地の夢を（「ヨハネの黙示録」二十一―一のもじり）。自然と巧みの、人の霊魂を高めたるきわみに、われは数知れぬ愛されしものの幸《さち》多き憩《いこ》いの地を見たり。かくてわれは先だちたるものとを隔つる小流れの縁《ふち》に、いまだ立ちたるお召しを待つものを見たり。老いも若きも、ともに幸いなり。美しきがゆえに幸いなり。愛されしものの近きを信ずるがゆえに幸いなり。かかる美しさと幸いとは地上のよく与えざるところなり。

われはかく呼ばわる声を聞く、「これをなせ」

されば見よ、われは目ざめて、夢の導きと約束によりて、囁きの森をつくりぬ。

来たれ新来の人、しかして幸いを得べし。

その下には草書体の巨大な筆跡で署名してある。

　ウィルバー・ケンワージー、夢見る人《ドリーマー》

そのそばにつつましやかな木の立て札があって、「料金のお問い合せは本部事務所にて　諸車直進」と書いてある。

デニスは緑の公園を通り抜けて車を走らせているうちに、イギリスならさしずめエドワード王朝の富豪の別荘と見まごうばかりの建物が目に入ってきた。それは黒と白とで塗られた木造で破風《はふ》造《づく》りになっており、ねじれた煉瓦の煙突と鉄の風見《かざみ》が付いていた。彼は車を十台ほど駐車している車溜りに置くと、柘植《つげ》の生えている歩道を歩いていった。一段低い所にある薬草園、日時計、鳥の水浴び場と噴水、丸木造りのベンチ、鳩小屋を通り抜ける。音楽が彼の周りを柔らかく包んでいた。オルガン演奏の「インドの恋唄」*が庭園のあちこちに隠されている数多くの拡声器を通して流されているのである。

デニスがメガロポリタン撮影所に初めてやって来て、スタジオの中を見回ったとき、よほど想像力を働かせないかぎり一見立体的に見える、あらゆる時代のあらゆる地方の街や広場が、実は裏で支えている広告板まがいの、漆喰《しっくい》を塗った薄板だとは見抜けなかった。ところがこの囁きの森では、まったく逆の錯覚が働いた。デニスには目の前にあるのが立体的でがっしりとした恒久的な建物だと信じるのにかなり努力を要した。しかし、ここでも、囁きの森の他のどの場所とも同様、ともすれば信じられなくなりそうな気持ちが、そこに掲げられている立て札の言葉によって辛うじて支えられていた。

「この古いイギリス荘園領主屋敷の完全な複製は」と掲示板には書いてある。「囁きの森のすべての建物と同様、全部第一級の鋼鉄とコンクリートを使用しており、堅牢な岩盤まで届く基礎の上に建てられています。したがって、火災、地震、　　にも耐えることができます。囁きの森に名を残す人は永遠に生き続けるでしょう」

空白になった部分をちょうどそのとき看板書きがいじっているところだった。デニスが立ち止まってじっくり見ると、今消したばかりの亡霊のような「高性能爆薬」という文字の跡と、その代わりに新たに書き入れられようとしている「核分裂」という文字の

＊「インドの恋唄」　シェリーの抒情詩「インド風セレナード」のこと。後で引用されるキーツの抒情詩「夜鳴鶯《ナイチンゲール》に寄せるオード」とともに死の衝動や誘惑を示唆する。

輪郭とが見分けられる。

音楽に憑《つ》きまとわれながら、彼はいわば庭から庭へと歩き回った。というのは、事務所への道は花屋の店の中を通り抜けているのだ。この店では一人の娘がライラックの切り花に香水を振りかけていて、もう一人が電話に出ていた。「……あら、ボゴロフさん、まことに申しわけございませんが、それはわたくしどもではお引き受けいたしかねます。園主《ドリーマー》が花輪《リース》を認めておりませんので。わたくしどもでは花を自然の美しさのままでお供えしております。これが園主のアイデアの一つなのでございまして、きっとご主人もそれをお喜びになるのではありませんかしら。わたくしどもにお任せいただけません、ボゴロフさん？　ご予算をお知らせいただけましたら、あとはわたくしどもでよろしく取り計らいます。きっと、十二分にご満足いただけるものと存じますが。どうもありがとうございました、ボゴロフさん、わざわざ……」

デニスはそこを通り抜けて、「案内所」と書いたドアを開けると、垂木造りの宴会場のようなものの中にいた。「インドの恋唄」はここでも、黒い樫《かし》の鏡板から柔らかく流れてきていた。一人の若い女性が数人の同僚たちの間から立ち上がると彼に近づいて会釈した。アメリカではどこででも見かけたことがあるような、美しくて、愛想がよくて、てきぱきした新しい女性たちの種族の一人である。白い上っ張りを着て、ぴっちりとパットで盛り上げた左の胸の上に「葬儀係」という文字が刺繍されていた。

「どのようなご用でしょうか？」

「葬式の手続きに来たのですが」

「ご自身のでございますか？」

「とんでもない。そんなに気息奄々《えんえん》としてるように見えますか？」

「なんですって？」

「今にも死にそうですか、と言ったのです」

「まあ、そんなことはございませんわ。ただ、お客様のなかには、お葬式の「予約」をなさるかたも多いものですから。こちらへどうぞ」

彼女は広間を通って絨毯《じゅうたん》をしきつめた廊下へ彼を案内した。ここの装飾はジョージ王朝風だった。「インドの恋唄」が終わって、夜鳴鶯《ナイチンゲール》の声がこれにかわった。更紗《さらさ》張りの家具が置かれた小さな客間に、デニスとこの女子事務員は坐って手続きをはじめる。

「では、まず、必要事項を伺わせてください」

彼は自分とサー・フランシスの名を言った。

「ではバーローさん、なにかお心積りがおありでしょうか？　もちろんご遺体の修復はなさいますわね。そのあと火葬になさるかなさらないかはお好み次第です。わたくしどもの火葬場は科学的にやっておりまして、非常に高温ですので、不必要な物はみんな蒸発してしまいます。お棺やお洋服の灰とご遺骨の灰とがまじるのを非常にいやがるかたもいらっしゃいます。普通の処理方法は土葬か埋葬か壺葬《つぼそう》か壁龕葬《へきがんそう》かですが、ごく最近では石棺葬を望まれるかたもふえてきました。これは実に独特なものでして、柩《ひつぎ》は大理石か青銅の大棺の中に閉じ込め、霊廟の中の壁龕に入れて、永久的に地上に安置しておくのでございます。上にステンドグラスの覗き窓を付ける場合もありますし、付けない場合もありますが、これはもちろん、費用を二の次と考えていらっしゃるかた向きでございますわ」

「僕の友人は埋葬にしてもらいましょう」

「囁きの森は今度が初めてではございませんわね」

「いや、初めてです」

「では、構想《ドリーム》についてご説明申し上げましょう。この霊園はいくつかの区画に分かれておりまして、一つ一つの区画には名前がついており、それぞれにふさわしい「芸術作品」が配されています。区画によってもちろんお値段が違い、区画内でも「芸術作品」に遠い近いによってお値段の差があります。いちばんお値打ちな敷地は五十ドルからございます。それは「巡礼の憩い場」という区画にあって、火葬燃料廃棄場のうしろに今造成中でございます。いちばんお値段が張りますのが「湖の島」の区画。そこが千ドル前後。それから「恋人たちの愛の巣」。これはロダンの有名な「接吻《せっぷん》」のたいそう美しい大理石の複製の周りにある区画なのです。そこにはお二人様用に七百五十ドルでダブルの敷地を用意してございます。故人には奥様がおありですか？」

「いや」

「お仕事は？」

「作家でした」

「ああ、それでは「詩人の墓地《ポーエッツ・コーナー》」がぴったりですわ。一流の文学者のかたがたが名を連ねていらっしゃいますのよ。もう入っていらっしゃるかたもありますし、「予約」のかたもいらっしゃいます。お客様はきっとアミーリア・バーグソンの作品をご存じですわね？」

「聞いたことはあります」

「バーグソンさんにはきのう、「予約」でギリシアの大詩人ホメロスの像の下の土地をおわけしたばかりです。お友だちにはあのかたのすぐお隣をお譲りできます。でも、お決めになる前にその区画をご覧になりますわね」

「なんでもかんでも見たいのです」

「ほんとにご覧になるものが山ほどありますわ。必要事項を全部伺ったら、すぐに案内人についてもらうよう手配いたします、バーローさん。故人は何か特別な宗派に属していらっしゃいますか?」

「不可知論者です」

「庭園には無宗派の教会が二つございまして、無宗派の牧師が何人もおります。ユダヤ教徒のかたもカトリック教徒のかたもそれぞれの方式でなさりたいとおっしゃいますので」

「たぶんサー・アンブローズ・アバクロンビが特別な儀式を計画していると思います」

「まあ、故人は映画界のかたでしたの、バーローさん? それなら「影の国」にいらっしゃらなくては」

「いや、彼はホメロスやミス・バーグソンといっしょのほうがいいと言うでしょう」

「では、ユニヴァーシティ教会が非常に便利だと思います。そうすれば、ご遺族も長い行列をなさらなくても済みますから。故人はたぶんコーカサス系でしょうね？」

「いや。でも、どうしてそんなふうに思うんですか？　純粋なイギリス人ですよ」

「イギリス人なら純粋なコーカサス系ですわ、バーローさん。ここは白人専用の墓地なのです。園主《ドリーマー》はご遺族のためを思ってそういう方針にしているのです。最後の審判の時には、同じ肌の色をした人たち同士、いっしょにいたいとお思いになるでしょうから」

「どうやら納得がいきました。じゃ、はっきりさせましょう。サー・フランシスは完全な白人です」

こう話しているうちに、デニスの頭の中にあの姿があざやかに浮かんできた。あれはそのまま頭の中に潜んで、長い間目にちらついて離れないものだった。袋のようにだらんと宙吊りになった体、その上にのった顔は目が真っ赤に充血し、眼窩《がんか》から今にも飛び出しそうな恐ろしい様子、頬には現金台帳の見返しの墨流し模様のように藍色の屍斑《しはん》が出ていて、舌ははれ上がり、黒いソーセージの先のように突き出していた。

「では、お棺を決めていただきましょう」

二人は展示室に行った。そこにはあらゆる型、あらゆる材料の棺が並べられていた。夜鳴鶯はまだ、長押《なげし》の所で鳴いている。

「二段蓋《ぶた》式が殿方のご遺体にはいちばん人気があるようですわ。上半身だけを人目にさらすことになりますので」

「人目にさらす、ですって?」

「ええ、ご遺族がお別れにいらっしゃったときには」

「いや、それは、どうもまずいんじゃないかなあ。僕は遺体を見たんだけど、なにしろひどい変わりようでね」

「もしご遺体になにか少しでも面倒なところがおありのようでしたら、わたくしどもの化粧師におっしゃってください。お帰りになる前にお引き合わせします。あの人たちは今まで仕損じたことがありませんから」

デニスは慎重に選択した。売りに出ている棺を全部念入りに吟味した。これらの棺のいちばん簡単なものでさえ、幸せの園のいちばん豪華な製品顔負けということを、彼は謙虚に認めないわけにはいかなかった。そして二千ドル台のものの側にいると——これらもいちばん高価というのではなかったが——ファラオ時代のエジプトにでもいるような感じがした。ついにデニスは、青銅の装飾が付いて、内側にキルト縫いの繻子《しゅす》を入れたがっちりしたクルミ材の箱型棺に決めた。その蓋は、勧められたように二段になっている。

「確かに人前に出せるようにしてもらえるのでしょうね?」

「先月溺死なさった遺体を扱いました。そのかたは海に一カ月もつかっていましたので、腕時計だけでようやく身許がわかったくらいですが、ちゃんと遺体を元どおりにしましたの」。その女子事務員は今まで使っていた格式ばった言葉遣いから、ぎょっとするくらい調子を下げた口調で言った。「まるで花婿さんみたい。あそこの人たち、腕はたしかよ。たとえ、原子爆弾に坐ったような遺体だって、人前に出せるようにしてくれますわよ」

「それで安心しました」

「そうでしょうとも」そして彼女はまるで眼鏡《めがね》でもかけるみたいに、ふたたび職業的な態度を身につけると続けた。「ご遺体のお召し物のほうはいかがいたしましょうか? わたくしどもには専属の衣裳部がございます。長いご病気の末になどというときにはぴったりした洋服がお手元になく、いい服をお着せするのはもったいないとお考えになるご遺族もいらっしゃいます。でもわたくしどもでは、ご存じのように、ご遺体にお安くぴったりと合った服をお着せすることができます。なにしろお棺の中でのお召し物は長持ちするように作らなくてもいいわけですし、お別れのときのために上半身を見せるだけでよろしいということになりますと、上衣とチョッキのほかにはいらないわけでございます。何か黒いものですとお花と映りがよろしいのですけれど」

デニスはすっかり聞きほれていた。最後に彼は言った。「サー・フランシスはたいしておしゃれなほうじゃなかったからなあ。棺の中で着るのにいいようなもの何か持っているかしらん。でも、ヨーロッパでは普通、経帷子《きょうかたびら》を着せますね」

「あら、経帷子ならここにだってありますわ。お見せしましょうか」

女子事務員は聖衣を入れた聖物保管室のような移動式の棚の所へデニスを案内して、そこから彼が今まで見たこともないような袍衣《ほうい》を引き出した。デニスが興味を示しているのを見てとると、彼女はもっとよく見えるようにそれを持ち上げた。それは見た目には、一そろいの背広のようだった。前にはボタンが付いているが背中は下まで割れていて、袖はゆったりと垂れて縫い目のところが開き、カフスには半インチばかりのリンネルが出ている。チョッキのV字形の襟元もそれらしく布地を詰めてある。結んだ蝶ネクタイが襟ぐりから出ていて、襟はうしろが切り裂かれたようにはり付けてある。いわばクリーニング見本のワイシャツにもったいをつけた恰好だった。

「これはわたくしどもの専売特許です」と彼女は言った。「今ではほうぼうでイミテーションが出ていますけれど。寄席の早替わりの役者から思いついたアイデアです。これですとご遺体の姿勢をくずさないで着せつけができますものね」

「いや、まったくすばらしい。これこそ僕たちが求めていたものです」

「ズボンはおはきになります？　おはきになりません？」

「厳密に言って、ズボンをはいてどんないいことがあるのです？」

「安息室にいらっしゃるときのためですわ。これは最後のお別れを長椅子の上でなさるか、お棺の中に入ったままでなさるかによると思います」

「決める前に安息室を見せてもらったほうがよさそうですね」

「どうぞ」

彼女は彼を広間に連れ出し、階段を上がった。夜鳴鶯は今度はオルガンに替わっており、ヘンデルの曲が安息室まで二人に憑《つ》きまとってきた。ここで彼女は同僚に尋ねた。

「あいてるのはどの部屋？」

「どうぞこちらへ、バーローさん」

二人は稀薄酸水で古色を帯びさせた樫材《かしざい》の扉の閉まった部屋の前を通って、やがて彼女は扉の一つを開けると、身を引いて彼を中に招じ入れた。彼が入ると、この小部屋は明るく家具がしつらえられており、壁紙が張りめぐらされていた。うっかりすると、どこから見ても、近代的なカントリー・クラブの一室とも思われないこともなかったが、ただ一点だけが違っていた。幾鉢もの花が更紗のソファの周りに置かれており、ソファには年配の婦人の蠟人形《ろうにんぎょう》らしいものが夜会服を着て身を横たえている。白い手袋をはめた手には花束《ブーケ》を持ち、鼻には縁なしの鼻眼鏡《パンスネ》をきらきらさせていた。

「あら」と彼の案内役は言った。「ぼんやりしていたわ、まちがって「桜草の間」に入ってしまいました。ここは」と蛇足を加えて、「ふさがっていますわ」

「そうらしいですね」

「告別式は午後までありませんが、化粧師に見つからないうちに出たほうがいいでしょう。ご遺族が来られる前に最後の仕上げをしますから。でも、これをご覧になると長椅子方式による告別式がどんなものかおわかりと思います。わたくしどもでは、普通、「水仙の間《ま》」だけよ」

殿方にはお棺の中で上半身を見せる方式をお勧めしています。なにぶん殿方は、脚がどうしても見ばえがしませんので」

彼女は彼を外に連れ出した。

「告別式にはたくさん列席者がおありでしょうか？」

「ええ、たぶんね。非常に多いでしょう」

「では控えの間と続きの部屋をお取りになればよろしいですわ。「蘭《らん》の間」がいちばんいいかと思います。ご予約を承りましょうか？」

「ええ、お願いします」

「では、お棺の中で上半身だけを見せるようにして、長椅子にはなさいませんわね？」

「長椅子はやめにしましょう」

彼女は彼を応接室のほうに連れ戻した。

「バーローさん、あんなふうに突然修復された遺体をご覧になるとちょっと妙な感じがするでしょう？」

「正直言って少々」

「当日ですと、まるきり感じが違いますわ。告別はとても心の慰めになります。ご遺族は病院や病室の陰惨な雰囲気に取り囲まれた苦しみの床でご遺体と最後の面会をなさることが多いのですけれど、ここでは生前の生気にあふれたままのお姿で、しかも平穏さと幸福とでお顔がすっかりお変わりになった状態でご面会なさるのです。お葬式では列をつくってお別れをするだけですが、この安息室では思う存分長い間お立ちになって、最後の美しい思い出を心に写し取ることができるのです」

彼の観察したところでは、彼女は一部分をマニュアルをカンニングしながら園主《ドリーマー》の言葉でしゃべり、一部分は自分自身のはきはきした言葉でしゃべっていた。二人が応接室に戻ってきてからは、彼女ははきはきしゃべっている。「これで、わたくしのお伺いしたいことは全部お聞きしたと思います。あとは、バーローさん、この申込書にサインをしていただくのと、手付金をいただくだけでけっこうです」

デニスはすっかりその用意をして来ていた。これは幸せの園の手続きの一部でもあったからだ。彼女に五百ドル支払い、領収証をもらった。

「では、化粧師を待たせておりますのでお引き合わせしましょう。必要事項をお話しください。でもお別れする前に「予約」をお勧めしてよろしいかしら」

「囁きの森のことはみんなとても興味があるんですが、こればかりはどうもあまり」

「この計画はお得が二倍です」彼女は今度は完全にマニュアルと首っ引きでしゃべっている。「経済的な面でも心理的な面でも、ですわ、バーローさん。あなたはいちばん収入の多い時期に近づいていらっしゃいます。きっと先々のことを考えていろいろと準備をなさっていらっしゃることでしょう――投資とか、保険とか。老後は落ち着いてのんびりと暮らせる計画も立てていらっしゃることでしょう。でもあとに残されたかたがたに負わせる重荷のことをお考えになったことはありますか？　先月のことです、バーローさん。一組のご夫婦がお見えになり、「予約」についてわたくしどもとご相談になりました。お二人とも働き盛りの立派な市民で、やっと一人前になりかかったお嬢さんを二人お持ちでした。細かいことを逐一お尋ねになって、すっかり感心して、数日たったら、手続きをしにもう一度来るとおっしゃっていました。ところが、バーローさん、すぐ翌日にお二人は自動車事故で亡くなったのです。お二人の代わりに、悲しみに打ち沈んだお二人の孤児が見えて、ご両親がどんな取り決めをなさっているかお尋ねになりました。わたくしどもでは、ご両親はどんな手続きもなさっていないとお答えするよりほかありませんでした。いちばん苦しいときに、このお子さまたちは身寄りもなく残されておしまいになったのです。もしわたくしどもがこうお答えできたなら、どんなによかったことでしょう。「いつでもおいでください。囁きの森でいっさいお引き受けします」

「なるほど、でも僕には子供がいないんですよ。それに僕は外国人だから、ここに骨を埋めるつもりはありませんね」

「バーローさん、あなたは死を恐れていらっしゃいますのね」

「いや、そんなことは絶対ない」

「バーローさん、見知らぬものを恐れるのは人間の本能ですわ。でもその死を率直に、あけっぴろげに話し合ったなら、そのことにくよくよせずに済みますのよ。そう精神分析学者たちはわたくしたちに教えてくれています。心の奥の暗い恐れを、普通の人間の日常生活の光の中に引き出すのです、バーローさん。死があなた自身の個人的な悲劇ではなく、人間みんなの宿命だということをよく認識なさらなくてはなりません。ハムレットがあんなに美しい言葉で書いているように「死は人みなのさだめであり、生きるものはすべて死なねばならない」のです、バーローさん。たぶんあなたはこのことに心を煩わせるのは病的だし、危険だとお考えでしょう。でも、科学ではその逆のことが証明されています。死を恐れるあまり生命力を早く衰えさせ、生活力を減退させる人が多いのです。そういう恐怖を取り除くだけで、寿命を延ばすことができます。ですから、ゆとりがあり、健康なときにあなたの望む形式、最後の備えを選んでください。余裕がおありになるあいだに、その支払いも済ませておいてください。そしてあらゆる憂いを振り払ってください。バーローさん、肩の荷をお降ろしください、囁きの森がお引き受けします」

「この問題はいろいろと考えてみることにします」

「パンフレットをお渡ししておきます。さあ、化粧師にお引き合わせしましょう」

彼女は部屋を出て行き、デニスはじきに彼女のことをすっかり忘れてしまった。彼は今までに彼女と至る所で会っていた。ちょうど中国人たちがどれも見た目にはひとしなみの姿かたちをしていながら、お互い同士、微妙な区別がつくと言われているように、アメリカの母親たちは自分の娘たちを別々に見ても見分けがつくのだろうと、デニスは思った。だがヨーロッパ人である彼の目には葬儀会社の女子事務員も、飛行機の客室乗務員たちや受付嬢と同じに見えたし、幸せの園のミス・ポスキとも同一人に見えたのだった。彼女は規格品なのだ。ニューヨークの食料品店でこういう娘と別れたとする。飛行機で三千マイル飛んでサンフランシスコの煙草屋の店先でこの娘と再会ということになる。お気に入りの漫画が地方紙でかならず見つかるように。こういう娘は愛を打ち明けるときも同じ甘ったるい言葉を囁きかけるし、つきあいの場では、同じような見解、同じような好みを示すのだろう。なるほどこの種の娘は便利に違いない。だがデニスは、もっとはっきりした好みをもつ古い歴史のある文明の出身なのだ。彼は霧の中のとらえがたい、ヴェールにおおわれた顔を捜し求めた。あかりのともされた戸口の影《シルエット》、格式ばった制服に隠されたひそやかな体の美しさを求めた。彼はこの豊かな新大陸の戦利品、プールにみなぎる肢体《したい》だの、蛍光灯の下の色濃くくまどられた目や口を求める気持ちはなかった。だが、入って来た娘はまったく類《たぐい》まれであった。といって、どう表現していいかわからないというのではない。彼女を見た瞬間、デニスの頭にはぴったりしたきわめて明確な形容詞が閃いた。《喧騒《けんそう》で衛生的なエデンのたった一人のイヴ》――この娘には退廃の美があった。

彼女は職業がら制服を着ていた。部屋に入って来ると机に向かい、前の女性と同じように職業からくる落ち着きを見せて、万年筆をかまえた。しかし、彼女こそデニスがこの一年の孤独な流浪のあいだに求めて得られなかった存在なのである。

髪は黒くストレートで、額は広く、肌は透き通るようで、みじんも日焼けしていない。

唇には紅《べに》をさしてはいるが、同僚たちのように真紅の脂《あぶら》で柔らかい皮孔をふさぐほどこってりと塗りたくってはいなかった。それがかえって、この唇でどのくらい肉感的なまじわりができるか計り知れない期待をいだかせた。顔全体は卵形で、横顔は清純で、古典的な明るさがある。目は緑がかっていて、はるか遠い所を見つめる感じで、狂気のようなぎらりとした閃きをたたえている。

デニスは息をのんだ。娘が口を利いたとき、それはきはきしていて、散文的だった。

「故人の死因はなんですか?」

「首を吊ったのです」

「顔はかなり変わっていますか?」

「ひどいものです」

「それが普通ですわ。ジョイボイさんがご自分で引き受けるでしょう。手の加え方次第なんです。鬱血《うっけつ》したところをマッサージして血の循環をよくしてやるわけです。ジョイボイさんはすばらしい腕前をしていますの」

「あなたは何をなさるんです?」

「髪と肌と爪の手入れと、それに遺体修復師に表情やポーズの指示をすること。故人の写真をお持ちくださいましたか？　写真がございましたら、性格を再現するのにとても助けになりますわ。故人は快活なお年寄りでしたか？」

「いや、むしろ逆ですね」

「もの静かで哲学的ということにいたしましょうか。それとも威厳があって決断力に富んでいらっしゃるということにいたしましょうか？」

「初めのほうだな」

「いちばんむずかしい表情ですわ。でも、ジョイボイさんはそれがお得意です。それと、子供の喜びにあふれた微笑みとが。髪は鬘《かつら》じゃございませんね？　ふだんのお顔の色は？　わたくしどもは普通、田園風、スポーツマン風、学者風と分類しております。つまり、赤、褐色、白ということです。学者風ですわね？　眼鏡は？　片眼鏡《モノクル》でございますか？　片眼鏡はいつもとてもむずかしいのです。ジョイボイさんは自然なポーズにするために、首を少し横に曲げさせる癖がありますので。鼻眼鏡《パンスネ》や、片眼鏡は一度肌が堅くなってしまいますと、なかなか掛けにくくなりますの。それに、目を閉じていらっしゃるときには片眼鏡は不自然に見えますわ。どうしてもそういうお顔になさりたいのですか？」

「故人の大きな特徴だったものですから」

「ご希望にそえるようにいたしましょう、バーローさん。もちろん、ジョイボイさんならできると思います」

「目を閉じさせてほしいんです」

「わかりました。故人は紐を使われたのですか」

「ズボン吊《つり》です。お国の言い方ではサスペンダーと言うのかな」

「それですと、取り扱いがずいぶん楽です。ときどきいつまでも痕《あと》が残ることがあります。先月、電気コードを使って亡くなった遺体を扱いましたが、ジョイボイさんでさえ、それはどうにもできませんでしたわ。わたくしたちはスカーフをあごまで巻かなくてはなりませんでした。でもサスペンダーなら、じゅうぶんうまくいくと思います」

「あなたはジョイボイさんをたいそう尊敬しているようですね」

「バーローさん、あのかたはほんとうの芸術家です。それ以外なんとも言いようがありませんわ」

「お仕事楽しいですか?」

「とても光栄なことだと思ってますわ、バーローさん」

「もう、だいぶ長いのですか？」

デニスの気づいたことだが、いったいにアメリカの人たちは自分の職業について他人が興味を示すのを不快に思うのが鈍いようだ。しかし、この化粧師は自分と話し相手のあいだに一枚の厚いヴェールを降ろしているように思われた。

「十八カ月です」彼女は手短に言った。「では、わたくしのお伺いしたいことはほとんど終わりました。何か故人の面影になさりたいような個人的な特徴がありまして？　ご遺族の中には、故人にパイプをくわえさせたいとか、手に何か持たせたいとか、いろいろご注文があります。お子さんの場合には手におもちゃを持たせてあげます。あなたの故人の特徴になるものは何かございますか？　楽器を好まれるかたもよくあります。あるご婦人は電話機を持ったままで告別を受けられました」

「いや、どうもぴったりしません」

「花だけでございますね？　もう一つ伺わせてください。入れ歯ですが、お亡くなりになったとき、入れ歯はしてらしたのでしょうね？」

「実はわからないんです」

「捜してくださいませんか？　よく警察の遺体置き場でなくなることがあります。なくなりますと、ジョイボイさんに余分の仕事がふえます。自殺されるかたは入れ歯をなさったままというのが普通です」

「彼の部屋を捜して見つからなければ、警察に問い合わせましょう」

「ありがとうございました、バーローさん。これで必要なことは全部伺いました。お知り合いになれてたいへんうれしく存じます」

「今度いつお会いできますか？」

「あさってです。告別式の少し前においでいただいて、万事ご希望どおりいっているかご覧くださったほうがよろしいと思います」

「どなたと言ってお願いすればいいのですか？」

「ただ「蘭の間」の化粧師と言ってくださるだけでけっこうです」

「お名前は言わなくてもいいのですね？」

「けっこうです」

彼女は出て行き、すっかり忘れていた女子事務員が戻って来た。

「バーローさん、区画案内係に敷地までお連れするよう用意させてあります」

デニスは深い放心状態からさめた。「ああ、敷地ならお任せします」と彼は言った。

「実を言うと、僕は一日分としては見すぎるくらいじゅうぶん見たもんですから」

デニスは葬式とその準備のため「幸せの園」に頼んで休暇をもらった。シュルツ氏は気軽にくれようとはしなかった。デニスに休まれるのは痛かったのだ。流れ作業で自動車がどんどん増産される。マイカー族がますます道にあふれる。そしてペットがますます葬儀場に運び込まれる。それにパサデナでは食中毒が起こった。アイスボックスはぎゅうぎゅう詰めになり、火葬炉の火は朝な夕な絶えることがない。

「とても貴重な経験なんですけれどね、シュルツさん」デニスは職場放棄だという非難を和らげようとしてこう言った。「「囁きの森」のやり方を見て、取り入れられそうなアイデアは全部拾い集めているんです」

「新しいアイデア？　なんのためだね？」とシュルツ氏は尋ねた。「安く焼け、安く支払え、うんと働け。それだけがわしの望む新しいアイデアだよ。いいかい、バーロー君。

うちはこの太平洋岸では仕事を一手に引き受けているんだ。サンフランシスコとメキシコの国境との間にはうち程度の事業はないんだよ。たかがペットの葬式に五千ドルも払わせることができるかね？　五百ドルだってあぶないものさ。一日に二人とはいないだろう。お客のほとんどがなんと言っていると思う？　「安く焼いてください、シュルツさん。市当局にあと始末されて、恥をかかなくても済む程度ならいいんです」。さもなければ、引取り代込みで五十ドルの墓と墓石さ。戦争以後途方もないぜいたく品を求める人もなくなったよ、バーロー君。連中はペットをかわいがっているふりをする、子供みたいに話しかけたりして、新車に乗ったりゅうとした市民が涙にくれてやって来る。そして言うことが「シュルツさん、世間体から言うと墓石は必要なものでしょうかね？」と、こうなんだからね」

「シュルツさん、あなた囁きの森にやきもちをやいていますね」

「やかなくてさ。生きているうちはさんざ憎みつづけてきた親類にあれだけの金をつぎ込むというのに、自分たちを慕い、側にいつもいて、金持ちだろうが、貧乏だろうが、病めるときも健やかなるときも、何も詮索せず、文句も言わないペットたちが、ただ動物というだけで、動物並みに埋められるってんだから。バーロー君、三日間の休みは取りたまえ。だけど、変わった思いつきをしたからって、三日分の給料をもらおうなんて魂胆はいけないよ」

検屍は事なく済んだ。デニスが証言をした。囁きの森の運搬車が遺体を運んでいった。サー・アンブローズが新聞記者を如才なくさばいた。サー・アンブローズはまた、ほかのイギリス人名士の助けを借りて、葬儀次第を作った。ハリウッドの葬儀は牧師たちの仕事よりも舞台関係者たちの仕事なのだ。クリケット・クラブの面々が皆それぞれ一役買いたがった。

「彼の書いたものを読まなくてはならないね」とサー・アンブローズは言った。「今すぐに手に入るものがあるかどうかはっきりしないんだ。こういったものは引っ越しするたびに不思議になくなるもんでね。バーロー、きみは文学者だから、ぴったりとした一節をきっと捜し出せるだろう。何か僕たちの知っている故人の本質をよく伝えるようなもの――自然を愛したとか、フェアプレーの精神とかいったものをね」

「フランクは自然やフェアプレーを愛してましたっけ?」

「そりゃあ、愛したろうさ。文学界の大立て者というものはみなそうだろう。王から叙勲されたんだもの」

「僕は家でフランクの書いたものを見た覚えがないんですが」

「何か捜し出したまえ、バーロー。何かちょっとした個人的な走り書きのようなものでいいんだ。いざとなれば、きみが自分で書きたまえ。きみは彼の文体を知っているはずだ。そうそう、考えてみれば、きみは詩人じゃないか。われわれのフランクについて書くいい機会ではないかね。僕が墓地で朗読できるようなものをね、ええ。それにけっきょくきみは彼にはそれぐらいのことをしてもいい義理がある——わたしたちに対してもだが。無理な頼みじゃない。われわれはみな犬馬の労をとっているんだから」

「犬馬の労」とはよく言ったものだ。デニスはクリケット・クラブの面々が招待客のリストを作っているのを眺めながらそう思った。この問題については二派に分かれた。一部の者は式を小人数にしてイギリス人だけにすることに賛成し、サー・アンブローズを代表とする大多数は映画界のお偉方を全部招待したがった。いくら「国旗を掲げる」といっても、われわれの哀れなフランク以外見せる相手がいないというのでは意味もなかろう、というのが彼の言い分だった。どちらに軍配が上がるかはわかりきったことだった。サー・アンブローズは重装備を全部そろえていたのだから。したがって招待状は多量に印刷された。

その間、デニスはサー・フランシスの「作品」のありかを捜し回っていた。家には本は少ししかなかったし、その少ししかない本もほとんどがデニスのものだった。サー・フランシスはデニスが本を読める年齢になったときには、もう文筆業から足を洗っていた。デニスはまだ揺りかごにいたころに出版されたそれら魅力的な本のことは覚えていなかった。模様入りの板紙表紙装で背には表題紙が貼られ、題扉にはよくラヴァット・フレーザーの挿絵の入った軽薄だが、しかしいきいきした精神の所産の、伝記あり、旅行記あり、批評あり、詩あり、戯曲ありの、一口に言えば美文である、これらの本のことを。最も野心的なものは『曙を迎える自由の人』という、半分が自伝的で、四分の一が政治的であと四分の一が神秘論的な作品で、二〇年代初めのブーツ文庫の予約者たちの心をつかみ、それがもとでサー・フランシスは爵位を得たのだった。『曙を迎える自由の人』はもう何年も絶版になっていて、その耳ざわりのよい文句も人から褒められもせず、記憶されてもいない。

デニスがメガロポリタン撮影所でサー・フランシスに会ったとき、ヒンズリーという名はかろうじて忘れられないでいて、『現代の詩』の中には彼の書いたソネットが収められていた。もしヒンズリーについて尋ねられたら、デニスはダーダネルス海峡で戦死した詩人ではないかと推測したかもしれない。デニスが彼の作品を一冊も持っていなかったとしても驚くにあたらなかったし、サー・フランシスを知る者ならば彼自身が自分の作品を持っていなかったといっても不思議に思うものは誰一人いなかったのである。最後まで彼は虚名をはせることの最も少ない人だったし、したがって、最も記憶に残らない人でもあった。

デニスは長いあいだ捜したが見つからず、こうなればあとは公立図書館へでも突破口を捜すほかはあるまいと観念しはじめているとき、「アポロ」の薄よごれた一冊が、どうしたものか、サー・フランシスのハンカチ入れの引き出しの底深く隠されているのを見つけ出した。薄青い表紙は色あせて灰色に変わり果て、日付は一九二〇年二月とある。女性の詩が主で、それも多くは今では孫の一人もいるであろう年配の人たちのものだった。たぶんこれらの熱烈な抒情詩のうちのどれかが、かくも年を経たあと、かくもはるかな文明の果てアメリカくんだりまで、彼にこの雑誌を手放さずにおかせたのだろう。だが、巻末にF・Hという署名の入った書評が載っていた。それはもっと前のページにソネットが出ている女流詩人を対象にしていることに、デニスは気づいた。その名は今では忘れられているが、ここにこそたぶん「この人の心近くにある」なにものか、彼の長い放浪の原因ともなっているなにものかがある、とデニスは考えた。ともかくも、これで公立図書館まで出向かなくても済んだ……「このささやかな作品集は情熱的で内省的な、並みはずれた才能に満ちあふれ……」。デニスはこの書評を切り取り、サー・アンブローズに送った。それからやおら詩作に向かった。

古色を帯びた樫材《かしざい》、更紗《さらさ》、ふわふわの絨毯《じゅうたん》、ジョージ王朝風の階段はきっちり二階で終わりになっていた。それより上は、関係者以外立ち入り禁止区域だった。そこに行くにはエレベーターを使うのだが、エレベーターは八フィート平方のドアの付いていない職員用のものだった。この最上階ではすべてがタイルと陶器とリノリウム、クロムで出来ていた。ここには遺体修復室があり、傾いた陶器台の列、栓《せん》、管、圧力ポンプ、深い溝があり、フォルマリンの鋭く鼻を刺すにおいが漂っている。その向こうには化粧室があり、シャンプーや、熱せられた毛髪、アセトン、ラヴェンダーの匂いがこもっていた。

用務員がひとり遺体運搬車をエイミーの部屋まで押して来て、白布の下には遺体があった。ジョイボイ氏がそばに付き添っている。

「おはよう、サナトジェナスさん」

「おはようございます、ジョイボイさん」

「これは「蘭の間」の首を吊ったかたのご遺体です」

ジョイボイ氏は完璧に高度な職業的作法を身につけていた。彼がここに赴任してくるまでは、展示室から仕事場へと階段を登るにつれ、品位のほうは逆に下がるというのが通り相場だった。「死体」だの「死骸」だのという言葉が口にされたし、テキサス出身の威勢のいい若い修復師ときたら、「肉」などと言い出す始末だった。この青年はジョイボイ氏が上級葬儀師として着任して一週間もたたないうちに辞めてしまった。これは、エイミー・サナトジェナス*が下級化粧師として囁きの森に来てから一カ月後の出来事だった。彼女はジョイボイ氏着任以前の古き悪しき時代を思い起こし、生来彼を包んでいるかのような晴れやかな静けさを、感謝のこもった気持ちで改めて味わったのだった。

ジョイボイ氏はハリウッドばりの美男子ではない。背は高かったが、スポーツマン・タイプではなかったし、頭と体は不恰好で、血色も冴えない。まゆ毛はまばらで、まつ毛も見えないくらいだった。鼻眼鏡《パンスネ》ごしの瞳はピンクがかった灰色だった。髪は手入れが行き届いていてポマードのいい匂いがしたが、薄かったし、手はぶよぶよしていた。彼のいちばんいい所はたぶん歯だろうが、白く歯並びはよかったけれど、大きすぎる。足はこころもち扁平足《へんぺいそく》で、腹はこころもちどころでなく出っぱっている。しかし、こういう身体上の欠陥も、精神上の誠実さと、柔らかなよく響く声のうっとりするような魅力に比べたら取るに足らないものだった。体のどこかにマイクが隠されていて、彼の声はどこか遠い厳粛なスタジオから流れてくるように思えた。彼のしゃべることはいっさい、いちばん視聴率の高いゴールデン・アワー向きと言ってよかった。

園主のケンワージー博士はいつも一流好みで、ジョイボイ氏は囁きの森にたいへんな前評判でやって来た。中西部で遺体修復学の学士号をとり、囁きの森に着任する前は何年間か、由緒ある東部の大学の葬儀学部で教鞭をとった。全国葬儀師会の大会実行委員長を二度務めたことがある。ラテンアメリカの葬儀師たちとの友好視察団の団長になったこともある。写真が、いささかいかがわしい見出し付きだったが、「タイム」に載っ

＊エイミー・サナトジェナス　サナトジェナスはギリシア語タナトス(死)とゲノス(種族)とを合成して作った架空の姓。エイミー(Aimée)はフランス語で「愛された(もの)」の意。本作ヒロインの姓名は作品のテーマを示唆する。

たこともある。

赴任してくる前、遺体修復室ではジョイボイ氏は単なる理論の人だという下馬評が立った。こんな噂は、初めての朝、立ちどころに消えた。彼が尊敬されるためには、ただ遺体といっしょにいるところを目撃されさえすればよかったのだ。狩猟場に現われた一人の新参者が鞍《くら》にまたがるや、猟犬を放すまでもなく、まごうことないすぐれた騎《の》り手であることをみずから宣言するようなものだった。ジョイボイ氏はまだ独身で、囁きの森の女子職員たちはみな、うっとりと憧れの目で見つめていた。

エイミーは自分がジョイボイ氏に語りかけるとき、自分の声が特別な調子を帯びることに気づいていた。「むずかしいご遺体でしたの、ジョイボイさん?」

「そう、ちょっとばかしね。でも、全部うまくいったと思います」

彼は白布をずらして、サー・フランシスの遺体を見せた。白い真新しいパンツ以外は素裸だった。肌は白く、少し透き通っていて、雨風にさらされた大理石のようだ。

「まあ、ジョイボイさん、きれいですこと」

「ええ、うまく仕上がったでしょう」彼は鶏肉屋がするように腿を軽くつまんでみて、「柔らかい」と言った。一方の腕を上げてそっと手首を曲げた。「ポーズをとらせるまでに二、三時間はかかるでしょう。頸動脈の縫い合わせが見えないように首をいくぶん曲げなくてはなりませんね。頭の血はとてもうまく抜けました」

「でも、ジョイボイさん、このご遺体に「輝かしい幼児の微笑み」を浮かべさせましたのね」

「ええ、気に入りませんか?」

「いいえ、あたしはもちろん好きですわ。でもご遺族のご注文ではなかったのです」

「サナトジェナスさん、遺体が自然に微笑みを浮かべるのはあなたのためですよ」

「まあ、ジョイボイさんたら」

「ほんとうです、サナトジェナスさん。やめようと思ってもどうにもならないのです。わたしがあなたのための仕事をしていると、心の中でこんな声がします。「このご遺体はサナトジェナスさんの所へ行くのだ」って。するとわたしの指がかってに動き出してしまうんです。あなたは気づきませんでしたか?」

「ええ、ジョイボイさん、先週やっと気がつきましたわ。あたし自分にこう言ったのです、「このごろジョイボイさんから回されてくるご遺体、なんて美しい微笑みを浮かべているんだろう」って」

「みんなあなたのためなのですよ、サナトジェナスさん」

ここには音楽は流れてこなかった。人の忙しく行きかうフロアは遺体修復室の栓のうず巻き泡立つ音や、化粧室のドライヤーの唸りをこだましていた。エイミーは修道女のように一心にひっそりと静まり返って、秩序正しく作業をしていた。初めにシャンプー、かみそり、それから爪の手入れ。白髪を分け、ゴムのような頬に石けんをつけ、かみそりを当て、爪を切って先を丸くする。次に化粧品や、ブラシや、クリームのおいてある車付きのテーブルを引き寄せて、息を殺して彼女の仕事の最大の難関に心を傾けている。

二時間もたたないうちに仕事は完成した。頭も、首も、両手も、すっかり塗りあがった。この化粧室の煌々《こうこう》とした光のもとでは色調がどぎつすぎ、光沢《つや》がけばけばしすぎるようだったが、この作品は安息室の琥珀《こはく》色《いろ》の光と内陣のステンドグラスを通して射し入る光に合わせて作られているのだ。エイミーは瞼《まぶた》の周りに青い点彩をほどこし総仕上げをして、うしろに下がって満足そうにながめた。足音をひそめてジョイボイ氏が彼女のそばに来ていて、彼女の仕事を見おろしていた。

「すばらしい、サナトジェナスさん」と彼は言った。「いつも任せておけばわたしの思っていたとおりのことをやってくれますね。右の瞼がむずかしかったでしょう?」

「ええ、ちょっと」

「どうしても内側のすみが開こうとするでしょう?」

「ええ。でもあたし、瞼の下にクリームをつけて、六番で固めましたの」

「上出来です。何も言うことはありません。二人の呼吸がぴったり合ってきましたね、サナトジェナスさん。わたしがあなたへ遺体を渡すときは遺体を通じてあなたに話しかけているみたいな気がします。そのことに気づきませんでしたか?」

「あたし、ジョイボイさんのお仕事を手がけるときにはいつもとても誇らしく、念入りになりますわ」

「そうでしょうとも、サナトジェナスさん。ありがとう」

ジョイボイ氏はため息をついた。運搬人の声がした、「ジョイボイさん、もう一人遺体が上がってきますが、誰に回しますか?」

＊「修道女のように一心に…」　ワーズワスのソネット「静かで心澄む美しい夕べ」冒頭部のもじり。なお二二頁の「きみに英雄的な決意をうながし、自立した仕事に……」はワーズワスの抒情詩「決意と自立」表題への言及。

ジョイボイ氏はもう一度ため息をついて、仕事に取りかかった。

「ヴォーゲルさん、あなた次は手があいてますか？」

「ええ、ジョイボイさん」

「一人は赤ん坊なんですが」運搬人が言った。「自分でおやりになりますか？」

「ええ、いつものように。母子《おやこ》なんですね？」

運搬人は手首についている札を見て言った。「いや、赤の他人同士です、ジョイボイさん」

「そう。ヴォーゲルさん、あなた、母親のほうをやってください。母子なら忙しくてもわたしが自分でやりますが。人にはそれぞれ癖がありますからね。たぶん誰もが気がつくとはかぎらないけれど、でもわたしなら違う人の手で修復された母子はすぐに見分けがつきますね。子供が母親のほんとうの子供でないように感じるんです。ちょうど二人が死によって血のつながりを断たれてしまったように。たぶんわたしは好き勝手なことを言っているように見えるでしょうね？」

「子供がお好きなんですね、ジョイボイさん？」

「ええ、サナトジェナスさん。わたしはなるべくえこひいきはしたくありませんが、でもしょせん人間ですから、子供の無垢《むく》の訴えかけはわたしの中の最良以上のものを引き出してくれるのです。まるでときどき、外から霊感みたいに、何かもっと高いものが訪れてきて……でも、今はお得意のおしゃべりをしていてはいけない。仕事、仕事……」

やがて衣裳係がやって来てサー・フランシス・ヒンズリーに経帷子《きょうかたびら》を手ぎわよく着せつけた。それから彼を持ち上げ——もうそろそろ硬直しかかっていたが——棺の中に納めた。

エイミーは修復室と化粧室とを隔てているカーテンの所に行って職員に注意を促した。

「ジョイボイさんに伝えてくれませんか。あたしのご遺体、もうポーズさせる準備ができましたって。もう来ていただかないと。堅くなりかかっているんです」

ジョイボイ氏は栓を締めて、サー・フランシス・ヒンズリーの所へやって来た。彼はサー・フランシスの両腕を持ち上げると手を合わせて、お祈りの姿勢でなく、あきらめたような姿勢になるように一方の手をもう一方の手に重ね合わせる。頭を持ち上げ、枕の上に置いた。首をねじ曲げ、顔の四分の三が人目によく見えるようにする。そして一歩下がると作品をじっとながめ、また一歩前に出ると、あごをこころもち傾ける。

「完璧だ」と彼は言った。「棺に入れるとき擦れた所が二、三カ所あるから、もう一度軽く刷毛《はけ》でなでておいてください」

「はい、ジョイボイさん」

ジョイボイ氏は一瞬ためらったあと、こちらに背を向けた。

「赤ん坊の所へ帰らなくちゃ」と彼は言った。

葬儀は木曜日と決まった。水曜日の午後は安息室で告別式がある。その朝デニスは「囁きの森」を訪れて、全部手はずどおりうまくいっているのを確かめた。

彼は「蘭の間《ま》」にまっすぐに通された。花がふんだんに届いていたが、ほとんどが階下の店から来たもので、どれも「天然の美しさ」のままだった。(相談のあげく、クリケット・クラブのバットと三柱門とを十字架の形に組み合わせた見事なトロフィーが持ち込まれていた。ケンワージー博士自身が判断を下したのだ。トロフィーは本質的には生命力の記念であって、死の記念ではない。ここにこそ醍醐味《だいごみ》があるのだ、と。)控えの間には花がいっぱいだったので、ほかには道具や飾りなどないように見える。二重のドアが安息室だけに通じるようになっている。

デニスは把手《とって》に指をかけたまま、ためらい、羽目板の向こうで把手を握っている手の動きが伝わってくるのを感じた。こんなぐあいに数多くの小説の中の恋人同士は立っているものなのだ。ドアが開くと、エイミー・サナトジェナスがすぐ間近に立っていた。彼女のうしろにはさらにもっとたくさんの花があり、温室のような香りが馥郁《ふくいく》と漂い、長押《なげし》からは聖歌を歌う合唱団の低い歌声が聞こえている。二人がめぐりあった瞬間、三部合唱が身にしみ通るように甘美にあふれ出した――「おお、鳩の翼ぞあらまほし（「詩篇」五十五―六）」

二つの部屋の魅せられたような静寂さを破るものは吐息すらない。鉛の菱形枠を入れたガラス窓はきっちりと閉ざされている。空気は少年合唱団の声と同じように滅菌され、姿を変えて、はるか彼方から流れて来ている。温度は普通のアメリカの住宅より少し涼しいくらい。二つの部屋は孤立して不自然なほどひっそり静まり返り、まるで深夜、駅から遠く離れて停まっている客車みたいだった。

「どうぞ、バーローさん」

エイミーが一歩下がったので、デニスには部屋の中央に花がうずたかく積まれているのが見えた。デニスの年配の青年は百花繚乱のエドワード王朝の温室を見たことはなかったが、しかし、彼はこの時代の文学は読んでいたし、想像の中ではそんな画面を思い描いたこともある。それがここにはちゃんと存在している。しかも、盛装した男女の愛の告白に似つかわしい金泥《こんでい》を塗った椅子が一組用意されていた。

　棺台はなく、柩《ひつぎ》は花飾りに隠れた台の上に載せられて、絨毯《じゅうたん》から数インチ離れている。蓋《ふた》は半分あけられていた。サー・フランシスの腰から上が見え、デニスに浴槽のマラー（フランス革命の指導者。入浴中に暗殺された）の蠟人形《ろうにんぎょう》を思い起こさせた。

　経帷子《きょうかたびら》は実にみごとに合っていた。みずみずしいくちなしの花がボタンホールに挿してあり、もう一本は指につかませてある。雪のように白い髪は額からつむじまで、ぴっちり櫛目《くしめ》をつけて分けられて、分け目からは頭皮が見えている。頭皮は色艶《いろつや》がなく、すべすべしていて皮がむけ、その下の持ちのいい頭蓋骨《ずがいこつ》がもう露出しているようだった。片眼鏡《モノクル》の金縁がうっすら化粧された瞼《まぶた》を縁どっている。

　完璧な静けさは激しい動きよりもいっそう恐ろしい。遺体はいわば、動きと知性の生皮をはがされて、等身大よりも小さく見えた。そして見えない目をじっとデニスに注いでいる顔――その顔はまったく身の毛もよだつばかりだった。亀みたいに不老で、非人間的で、彩られたにやにや笑いを浮かべる淫《みだ》らな戯画――これに比べれば、デニスが首吊り縄にぶら下がっているところを見つけた、あの悪魔の仮面めいた顔など、お祭りの仮面、おじさんがクリスマスパーティにかぶる仮面も同然だった。

エイミーは作品のそばに立った――展覧会の内見のとき画家がそうするように。するとデニスが突然感動して息をのむのが聞こえた。

「お気に召したかしら?」と彼女は尋ねた。

「それ以上ですよ」それから、「すっかり堅くなったのでしょう?」と言った。

「固まっています」

「さわってもいいかな?」

「おやめ下さい。痕《あと》が残りますわ」

「わかりました」

それからこの地方のエチケットに従って、彼女はデニスをもの思いにふけらせた。

その日の午後、「蘭の間」は人の出入りで活気づいた。囁きの森の秘書課から来た女子職員が、控え室で訪問客の記帳をしていた。この訪問客たちはいちばんの名士たちではない。スター、プロデューサー、各部のボスたちはあす埋葬のときやって来ることになっている。きょうの午後は小物《こもの》に代役させるというわけだった。まるで結婚式の前夜、贈り物の下見をするパーティのように、ごく親しい者や、暇人や、小物だけが出席した。言われるがままになる連中が大挙して押しかけた。人間が企て、神がさばく(十五世紀ドイツの神秘主義者トマス―ア―ケンピスの言葉)。これら人当りのよい、よく肥った紳士たちは、この死出の支度に賛意を示し、見つめ返すことのない死顔にうなずいていた。

サー・アンブローズはおざなりに訪ねて来た。

「バーロー、あすの準備は万事できているね。詩《オード》を忘れるなよ。本番の少なくとも一時間前には渡してほしいんだ。鏡の前で一度リハーサルしなくちゃならんからな。どうだい調子は?」

「うまくいくと思います」

「わたしは墓前でそれを朗読する。教会では作品からの抜粋の朗読と、ジャニータの「緑の上衣」の独唱があるだけだ。あの娘《こ》が習ったアイルランドの歌はこれだけだと言うんでね。フラメンコ調を響かすぜ。聞きものだろうな。教会の座席のほうの準備はしてくれたかい?」

「まだです」

「クリケット・クラブの仲間はもちろんいっしょだよ。メガロのお歴々には前の四列がほしいね。たぶんエリクソンみずからお出ましだから。ねえ、きみに全部まかせてかまわないだろう？」葬儀会社を出るときサー・アンブローズは言った、「バーロー青年が可哀《かわい》そうだよ。今度のことがひどくこたえているらしい。仕事をたくさんさせてやるのがいちばんだ」

デニスはやがてユニヴァーシティ教会に車を飛ばした。そこは小さな石造りの建物で、小高い丘の上に生えているときわ樫《がし》の未熟な林のあいだに四角い塔がそびえたっている。玄関には機械が取り付けてあって、スイッチを入れれば思いのままに、この建物の特徴を説明してもらえる仕掛けになっている。デニスは立ち止まって耳を傾ける。

声はおなじみの、つまり観光映画のアナウンサー口調だ。「あなたは、イギリス最古の最も尊い信仰の中心地の一つ、オックスフォードの城壁外聖ペテロ教会の中に立っています。ここには何世代にもわたって、世界のすみずみからあまねく学生たちが訪れ、青春の夢を結びました。ここではいまだ知られない科学者、政治家たちが未来を夢見たのです。ここでシェリーは詩界での偉大な生涯を決意しました。ここから若人たちは成功と幸福の道へと旅立って行きました。これは、ここからよろず代《よ》の偉大な成功の物語に出発する死者の魂の象徴なのです。成功、そうです。たとえこの地上での生活がどんなに失意に満ちたものであろうとも、われわれすべてを待ち受けている成功なのです。これは複製以上のものです。再構成と言ってよいかもしれません。その昔の名匠たちが過ぎし世の粗末な道具でつくり出そうとしたものの再建です。美しい原物には時がその爪跡を残しました。ここにあなたがご覧になるのは、むかし最初の工匠たちが夢想したままの姿なのです。

あなたはお気づきになると思いますが、側廊はガラスと第一級の鋼鉄だけでできています。この美しい姿にまつわる美しい逸話があります。一九三五年、ケンワージー博士はヨーロッパに遊び、あの芸術の宝庫の中に囁きの森にふさわしいものを捜しました。博士はオックスフォードの有名なノルマン様式の聖ペテロ教会に足をのばしたのです。彼はこれが暗いと思いました。因習的で気を滅入らせるような記念物でいっぱいだと思いました。ケンワージー博士は尋ねました。「なぜこれを城壁外聖ペテロ教会と呼ぶのかな？」すると、むかし市の城壁がこの教会と市の中心地とのあいだに立っていたからだという答えでした。「わたしの教会は」ケンワージー博士は言いました、「城壁なしでいこう」。すなわち今日ご覧になるように、教会は神のみ光とさわやかな大気、鳥のさえずりと花々に満ちあふれて……」

デニスはこれまでもしばしばふざけて模倣されていながら、元のもの以上にばかげて、催眠作用のあるものになりえない、この言葉の調子に身を入れて聴き入っていた。彼の関心はもはや純粋に専門的でも純粋に冷笑的でもなかった。囁きの森は彼をすっかりとりこにしてしまった。芸術家以外の誰もが入るのをはばかるところ、心のあの不安な圏内に、ここの連中はどやどやと群れをなしてなだれ込んでくる。辺境開拓者《フロンティアズマン》デニスはこの兆候を読み取ることができた。

声がやみ、しばらく間をおいてまた始まった。「あなたは、イギリス最古の最も尊い信仰の中心地……」デニスは機械のスイッチを切り、定められた地域に入り直して、味気ない仕事に取りかかった。

秘書課でタイプした名札を彼に用意してくれてあったので、長椅子に配置するのは簡単なことだった。オルガンの下に個人席があり、身廊からは鉄の網と薄地のカーテンで仕切られていた。ここには必要に応じて、遺族たちが物見高い目からさえぎられて幕の内側に坐る。この席をデニスは地方紙のゴシップ欄担当記者に当てた。

ものの三十分もして仕事は終わり、彼は庭に出てみた。ここは聖ペテロ教会ほど明るくもなければ、花も咲いていず、鳥のさえずりも聞こえてこない。

詩《オード》のことが彼の心に重くのしかかる。まだ一行も書いていなかったし、このけだるい、かぐわしい午後は彼を仕事をする気にさせなかった。それに、かすかだが、執拗に彼に語りかけるもうひとつの声がある。それはフランシス・ヒンズリーの追悼詩よりももっと骨の折れる仕事へと彼を呼びさます声であった。車を墓地門の所に停めると砂利《じゃり》道を進み丘を下った。墓石は目立たず、周りの芝生と同じ緑色になっている青銅の飾り板で、ようやくそれと見分けがつくぐらいだった。水は地下に網目状にめぐらされた水道管からいたるところに噴き出し、腰の高さにきらめく虹のような帯をつくっていた。そして、その中から一群の青銅やカララ大理石の寓意的な、子供っぽい、あるいはエロチックな彫像が立ち現われている。ここでひげを生やした魔術師が、漆喰《しっくい》のフットボールのような玉の深い底をのぞき込んで未来を占っているかと思うと、あそこでは、よちよち歩きの子供が右の胸に大理石のミッキー・マウスをしっかりと抱き締めている。道の角を曲がると、アンドロメダが肌もあらわに紐で縛《いまし》められて、みがきぬかれた腕の先に止まった大理石の蝶にじっと眺め入っている姿が見られる。その間ずっと、デニスの文学的センスは猟犬のように鋭くとぎすまされていた。囁きの森には確かに何ものかがある。彼にとってはなくてはならない、そして彼でなければ見つけることのできない何ものかが。

ついに彼は百合の花が咲き水禽《みずとり》たちの群れる湖の岸に立っていた。「イニスフリー湖島行きの切符売り場」の立て札がある。三組の若いカップルがひなびた渡船橋の端に立っていた。彼は切符を受け取る。

「お一人だけ?」切符売り場の女性が尋ねた。彼もそうだったが、若いカップルたちはうわの空で、若い恋の瘴気《しょうき》にとっぷりつかっているのがはた目にもわかる。デニスが誰からも顧みられないでつっ立っていると、やがて向こう岸から電気モーターのランチがやって来て、音もなく船着き場に横づけになった。みんなが乗り込み、ほんのわずかな航海のあと、カップルたちは、そそくさと公園のあちこちに姿を消していった。デニスは岸に優柔不断なようすで立っていた。

ボートの船頭が言った。「あんた、ここで待ち合わせかね?」

「いや」

「昼からは女の子一人ってのは来なかったな。来りゃ気がついてるもんな。たいていの客がカップルで来るし、たまに、男がここで待ち合わせることもあるけど、たいてい女の子はすっぽかしちまうよ。切符持つ前に女の子をお持ち、さね」

「いや」デニスは言った。「僕はただ詩を作りに来たんだ。ここはいい場所かい?」

「知らないねえ。おれは詩なんか作らないもの。でも連中はここを詩になるように造ったんだ。なんでもめっぽう気の利いた詩にあやかって名づけてあるそうじゃないか、蜂の巣なんか取り付けてさ。前には蜂を飼ってたこともある。だけど、お客さんをいつも刺すってんで、今じゃ機械仕掛けで科学的になっちまった。もう痛い蜂はいねえ、詩はいっぱい、ってわけさ。

埋めてもらうにゃ、ここは確かに詩的な場所にはちげえねえ。このあたりは千ドルはするだろうなあ。この公園の中でいちばん詩的な場所だね。おれは連中がこれを造るときにここにいたけどね。連中はアイルランド人がここに来るだろうとそろばんはじいたわけさ。でもよ、アイルランドのやつら生まれつき詩的だろ。墓を造るのにそれだけ払いますかってんだ。おまけにやつらはカトリックだから、自分らの下町にけちな共同墓地をもってるのよ。ここに来るのはまあ羽振りのいいユダヤ人さね。連中はひっそりと

＊イニスフリー湖島　イェイツの抒情詩「イニスフリーの湖島」にあやかってつけてある。なお一〇六—一〇七頁には、この詩に基づいて再現された光景が描かれている。

しているのが好きだからなあ。水のおかげで動物が寄りつかないのさ。動物にはどの墓地でも頭を痛めてるからね。ケンワージーのだんなが記念祭のとき、そのことでしゃれを言ってたが、「どの共同墓地も犬のトイレと猫のモーテルを提供しておる」ってね。いいこと言うじゃねえか、ええ？　ケンワージーのだんなは記念祭のときにゃ実に冴えるよ。

島じゃ犬や猫の心配はねえ。女の子がおれたちの頭痛の種さ。女の子と野郎とがわんさとやって来ちゃ、いちゃつきやがるんだから。やつらも猫みてえにひっそりとやるのが好きなんだとおれは思うんだ」

彼が話しているあいだも、何人かの若者たちが木立ちから姿を現わし、そこに立って船頭が乗船の合図をするのを待っている。放心状態のパオロとフランチェスカ（ダンテ『神曲』地獄篇に出る悲劇の恋人）たちは、地獄界から愛の白熱する炎に包まれて登場というわけだ。一人の娘はさかりのついたラクダのようにチューインガムをふくらませていたが、彼女の目はいましがたの愛の喜びを思い出して、大きく見開かれ、うるんでいた。

周りの公園のひろびろとした敷地とは対照的に、湖の島はこぢんまりと居心地がよかった。ほとんど切れ目なく縁どっている灌木が岸を視野からさえぎっている。刈り込まれた芝生の小径がいくつか生い茂る木立ちのあいだをうねり、四方を囲われた埋葬用地に通じ、まん中の空地に集まっている。そこには粘土造りの小屋が建ち、インゲンが九うね(これは賢明な移植計画に基づいて、年がら年じゅう赤い花を咲かせていた)、それに柳の枝でできた巣箱。ここでは蜂の羽音が発電機のような響きを立てていたが、島の他の場所から聞くと、この音はほとんど実物の優しい羽音と区別がつかないくらいだった。

蜂の巣箱にいちばん近い墓地がもっとも高価だったが、公園の他の場所とひどくかけ離れたものではない。芝生のみずみずしい簡素な青銅の墓標にはロサンゼルスの実業界きってのおごそかな名前が記されていた。デニスは小屋をのぞき込み、不意の闖入者《ちんにゅうしゃ》に驚いた先客にあやまって、頭をひっこめた。巣箱をのぞくと、どの巣にも底のほうに小さな赤い眼のようなものが見える。それは音声装置がうまく作動していることを示すものであった。

暖かい午後だった。常緑の木の葉をそよがせる微風もなく、安らかさがゆるやかにしたたり落ちている。ゆるやかに——そう、デニスにはゆるやかすぎるくらいに。

彼は別れ道の一方を歩き、やがて小さな緑に囲まれた袋小路へ出てしまった。墓標から、偉大な果樹王の一族の墓地であることがわかった。「カイザーの種なし桃」はこの国のどの果物屋のショーウィンドーからも、その薔薇色《ばらいろ》のうぶ毛のはえた頬をのぞかせているし、カイザー提供のラジオ番組は三十分間ワグナーを各家庭の茶の間に送っていた。ここにはすでに妻とおばの二人のカイザー家の人々が眠っていて、やがて時満つればカイザー氏みずからが横たわることになるだろう。大黄《だいおう》が大きな葉をひろげてこの場所一帯をおおっている。デニスはそのこんもりした木陰に横になった。蜂の羽音はここから聞くとほとんど本物も同様だった。安らかさははや速やかにしたたたっている。

彼は鉛筆と手帳を持って来ていた。彼を有名にし、現在の奇妙な運命をもたらした詩はこんなふうにして作られたものではない。あれらの詩は冷え冷えとした戦時下の列車輸送のさなかに形を整えたものだった——装備が山のように積まれた網棚、何人もの兵士たちの膝に降り注ぐ薄暗い電灯の光、煙草の煙と凍えた息の白さがまざり合ってよく見えない膝の上の顔、理由を知らされない停車、人気《ひとけ》のない歩道のような暗い駅。彼はこれらをかまぼこ兵舎で書き、春の夕方空港から一マイルも離れたヒースの荒野で書き、輸送機の金属製の椅子の上で書いたのだった。いつかは書かなければならないものを書くとしても、こんな状態で書くのではない。またこんな場所で書くのでもない。かすかにではあるが、今その神秘的な要請をしている精神は、いつか別の場所ですっかり鎮められることになるだろう。このうだるように暑い午後は詩作よりは回想にふけるのに適している。詞華集の中の詩のリズムが柔らかに彼の頭の中を動きはじめた。

彼は書いた。

葬《とむ》らわん　すぐれし騎士《とも》を
メガロなる　うからつどいて
別れなん　すぐれし騎士《とも》に
そのかみに　大衆《ひと》のめでたる
物語書きし　匠《たくみ》に*

そして、

*「葬らわん　すぐれし騎士を…」　テニソンのオード「ウェリントン公爵の死に際して」冒頭部のもじり。

きみは逝《い》にけり　わがともよ
垂木《たるき》にその身縊《くび》らせて
血ばみし眼《まなこ》突き出《い》だし　舌黝《くろ》ぐろとたれ下がり
われは泣きたり　いくたびか
われら団欒《まどい》のひとときに
「天使の街《ロサンゼルス》」を笑いしを
いまきみ　天使にならんとは
フォルマリン漬《づ》く　その屍《かばね》　たわむれ女《め》めきて粧《よそお》われ
小海老《こえび》の紅《べに》のほのかにも　朽ちで　変わらで　失《う》せもせで＊

彼は大黄が屋根のようにおおっている中をのぞき込んだ。種なし桃。これこそフランシス・ヒンズリーにうってつけの比喩だ。デニスは以前このカイザーの鳴り物入りで宣伝されたしろものの一つを食べようとして、ぐしゃりとした甘い綿の玉のようなものを口に入れたときの感触を思い出した。可哀そうなフランク・ヒンズリー、あれは確かに彼にそっくりだった。

こんなときにはとても物を書けやしない。天来の声も静まってしまった。義務の声も沈黙させられてしまった。人みながいそしめる夜がやがてやって来るだろう。今はフラミンゴの乱舞を眺め、カイザー氏の生涯について思いを凝らすときなのだ。デニスは顔の向きを変えると、青銅の墓標の上の一家の婦人たちの筆跡に似せた文字をしげしげと眺めた。力強い筆づかいとは見えなかった。カイザー氏は女たちの尻に敷かれてはいない。種なし桃は彼独力のものだったのだ。

やがて彼は足音が近づいてくるのを聞き、体を動かさなくても、それが女性のものであることがわかった。足、かかと、ふくらはぎ、がこちらに向かってしだいに近づいて来た。この国のどの脚もそうなのだが、この一対の脚もすんなりしてこぎれいに靴下をはいていた。この奇妙な文明では、どちらが先にできたのだろう？　足だろうか、靴だ

＊「きみは逝にけり　わがともよ…」　ウィリアム・コーリー（一八二三―九二）の訳詩「ヘラクレイトス」冒頭部のもじり。「ヘラクレイトス」は古代ギリシアの抒情詩人カリマコスの作。コーリーの英訳は名訳としてひろく愛唱された。

ろうか？　脚か、それともナイロンストッキングか？　デニスはそんなことがふと気になった。この規格品のような優美な脚は、ストッキングのつけ根から爪先まで、この近所の店でセロハンに包装して売っているのだろうか？　そして手間を省く仕掛けで、上部のゴム製の無菌の秘部にパチンとはめ込むのだろうか？　この脚もあの軽くてじょうぶなプラスチック製の頭のように別の売場で買って来たものだろうか？　これらはみな流れ作業で出来てきて、すぐに家庭で使用できるようになっているのだろうか？

デニスはじっと横になっている。すると娘は一ヤードばかりの所へやって来て、同じ木陰にひざまずき、彼のそばに身を横たえようとして、「まあ」と言った。

デニスが体を起こしてふり向くと、その娘は葬儀場のあの女性だった。彼女は大きな楕円形の紫色のサングラスをはずして、目を近づけてながめると、彼の見分けがついた。

「まあ」と彼女は言った。「ごめんなさい。あなたは「蘭の間」の首をくくって亡くなられたかたのお友だちでしたかしら？　あたし、どうも生きているかたのお顔が覚えにくくて。驚きましたわ。ここに誰か人がいるなんて思ってませんでしたもの」

「あなたの場所を横取りしてたんですね？」

「いいえ、ほんとうはそうじゃありませんわ。つまりここはカイザーさんのもので、あたしのものでも、あなたのものでもないという意味です。でもいつもこの時間には誰もいないので、あたし仕事が済むとここに来る習慣なんです。そのうちいつの間にかあたしのもののような気がしてきたんです。どこかほかの場所を捜しますわ」

「いや、とんでもない。僕が退散しますよ。僕はただ詩を書きにやって来ただけだから」

「詩ですって?」

この人何か言ったわ。そのときまでエイミーは彼を、この流れ者の寄せ集めの国の儀式とも言うべき、非個性的で無感動な愛想のよさで取り扱っていた。今、彼女は目を大きく見開いた。「詩とおっしゃったのね?」

「ええ、僕は詩人なんですよ」

「まあ。でもすてきね。あたし、生きている詩人にお会いしたの、初めて。ソフィー・ダルメアー・クランプをご存じかしら?」

「いや」

「今、「詩人の墓地《ポーエッツ・コーナー》」に葬られていますわ。あのかた、あたしが新米の化粧師になったばかりの最初の月にいらっしゃったんです。ですから、もちろん、あたしは担当させてもらえませんでしたわ。それに電車の事故で亡くなったので、特殊な取り扱いをしなければならなかったのです。でも、じっくり観察する機会があったのよ。あのかたはひときわすぐれた魂をお持ちだったから。あたしが魂のことを勉強したのはソフィー・ダルメアー・クランプを観察したから、と言っていいくらいね。今では特別に魂が必要な処置をしなければならないときは、ジョイボイさんはあたしに回してくださるんです」

「僕が死んだら、あなたが手がけてくれるんでしょうね?」

「あなたはむずかしいわね」と彼女は言って、職業的な目つきで彼をじっと見た。「魂を持つのにはちぐはぐな年齢ですもの。とても若いか、お年寄りなら、もっと自然に魂が現われるようですけど。でもあたし最善を尽くすと思うわ。詩人になるって、とってもすてきなことなんですもの」

「でも、あなたのここの仕事もなかなか詩的ですよ」

彼は気軽に、からかうような調子で言ったのだが、彼女は大まじめにこれを受けとった。「ええ、そう思います。ほんとうにそう思うわ。でも一日が終わってぐったりすると、なんだかとてもはかないな、と思われてくるのね。つまり、あなたやソフィー・ダルメアー・クランプが詩を書くと、印刷されたり、たぶんラジオで朗読されたりする。そうすれば何百万もの人に聞かれ、たぶん何百年たっても読み続けられるわけでしょう。でもあたしの仕事なんか、どうかすると二、三時間で焼かれてしまいますもの。せいぜいよくて霊廟に納められるぐらい。でも、あそこでもだんだん朽ちていくでしょう。あたし霊廟で十年たっているご遺体を見たことがあるけど、すっかり色の感じが違っていましたわ。あんなにうつろいやすいものが芸術と言えるかしら？」

「お芝居をしたり、歌ったり、楽器を弾いたりするのと同じようには考えられませんか？」

「ええ、そうね。でもこのごろはそういうものでもレコードにしてとっておけるでしょう？」

「あなたはここへ一人で来るとそんなこと考えてるの？」

「ごく最近になってからよ。初めはここに横になると、ここにいられるって、なんと幸せなんだろうと思っていたわ」

「もうそんなふうには考えないってわけ？」

「いいえ、今でももちろんそう思ってますわ。毎朝、それから仕事のさいちゅう。夜だけね、何かがあたしの上におおいかぶさってくるのは。芸術家ってみんなそうなんですって。詩人だって、ときどきそうなるんじゃありません?」

「あなたの仕事のこと聞かせてほしいんだけど」デニスは言った。

「でも、きのうご覧になったでしょう?」

「僕の言っているのはあなた自身のこと、あなたの仕事のことですよ。なぜその仕事をする気になったんです? どこで勉強したの? 子供のときからそんなものに興味があったの? とても僕は知りたいんだ」

「あたしって、いつも芸術家肌だったのよ」彼女は言った。「一学期間、芸術を副専攻として取ったぐらいですから。ほんとうは主専攻にしたかったのですけど、パパが宗教で破産したものだから、仕事を身につけなくてはならなくなったの」

「宗教で破産してしまったって?」

「ええ、フォー・スクエア・ゴスペル教(一九二〇年代、エイミー・マクファーソンがアメリカで始めた福音派の新興宗教)よ。だからあたし、エイミーという名前なの。教祖のエイミー・マクファーソンにあやかったわけね。パパは財産を失くしてから名前を変えたがっていたわ。あたしも変えたかったけれども、どうしたものか、そのままつきまとっているの。ママはあたしの変えた新しい名前をいつも忘れてしまって、また新しい名前をつけてくれたわ。いったん名前を変えはじめるときりがなくなるのね。前より響きがいい名前を絶えず聞くでしょう。それに可哀そうにママはアル中だったんです。でも、気まぐれな名前のあいだをさまよったあげく、いつもエイミーに帰って来たわ。結局、落ち着いたところはエイミーなのよ」

「ほかに大学ではなんの科目を取ったの?」

「心理学と中国語よ。中国語はうまくいかなかったわ。でもこの二つも副専攻の科目で、教養のためね」

「なるほど、じゃあなたの主専攻は?」

「美容術でしたわ」

「へえ」

「おわかりかしら——パーマネント、美顔術、パック、美容院でやること全部ですわ。ただ、もちろん、歴史と理論はやりましたけど。あたしの卒業論文は「東洋におけるヘアスタイル」っていうの。だから中国語を取ったの。役にたつだろうと思ったけど、まるっきり。でも、あたしの卒業証書には特別賞として、心理学と芸術があげられているのよ」

「心理学と芸術と中国語を勉強しながら、その間ずっとお葬式のことを考えていたの?」

「いいえ、全然。お聞きになりたいですか? お話しします。とても詩的なのよ。あたし四三年の卒業ですけど、クラスの女の子たちは大ぜい軍需産業に入りました。でもあたしは全然興味がなかったの。愛国心がないというわけじゃないわ。ただ戦争にはまるきり興味がなかっただけ。今はみんなそうでしょうけど。ええ、あたしは四三年にそうだったの。ですからあたし、ビヴァリー=ウォルドーフ・ホテルに行って、そこの美容院に勤めたわ。でもあそこでも戦争と無縁ではいられませんでした。ご婦人たちは絨毯爆撃以上に高尚なことは考えないというふうでしたわ。なかにコムストック夫人という最低のご婦人がいて、毎週土曜の朝ブルーの髪染めとセットに見えてたけど、あたしがお気に召したらしいの。いつも、他の人ではだめで、あたしにばかりご指名なの。だけど、二十五セント以上チップを下さったことないのよ。コムストック夫人にはワシントンに息子さんが一人、デリーに息子さんが一人、イタリアに孫娘さんが一人、それと愛国宣伝活動を熱心にしておられた甥御《おいご》さんがいらっしゃったわ。あたしはいつもその人たちのことを洗いざらい聞かされていたものですから、とうとう土曜の朝が一週間でいちばんいやな日になってしまったわ。それからしばらくしてコムストックさんは病気になりましたが、それで終わりというわけじゃないの。毎週アパートまで呼び寄せられたのに、やっぱり二十五セントしかくれなかったし、しゃべることといえば戦争のことばっかり、それも前よりはずっとわけのわからないことをしゃべるの。そのうちある日お店の主人のジェッブさんがやって来て、こう言ったときの驚き、おわかりになるでしょうか？「サナトジェナスさん、頼みにくいことなんだけど、あんたがどう思うかよくわからないが、コムストックさんが亡くなったんだ。息子さんがワシントンから来られて、あんたにお母さんの髪を生前と同じように結ってほしいと熱心に頼んでいられるんだよ。最近の写真がないし、囁きの森の誰も髪型がわからないし、コムストック大佐もうまく説明ができないんだ。だからサナトジェナスさん、あんた大佐といっしょに囁きの森に行って、大佐の記憶に合わせて、夫人の髪をセットしてもらえないだろうか？」

でも、あたしどう考えていいかわからなかったわ。だってあたし死人を見たこと一度もなかったでしょ。パパが死んでしまったといっても、死ぬ前にママとは別れているし、ママはあたしが大学を出たときには、パパを捜しに東部へ行って、そこで死にましたから。それにあたし、囁きの森の中には一度も入ったことがなかったの。ママはあたししたちが財産をなくしてから、「新思想」（十九世紀半ばフィニアス・クインビーがアメリカで始めた精神療法）に凝って、死なんてあるとは考えていませんでしたから。ですから初めてここに来たときはとても不安だったわ。でも、あたしの予想していたのとは全部違っていました。あなたもご覧になったからご存じね。コムストック大佐はあたしに握手してこう言ったわ。「お嬢さん、あなたはほんとうにすばらしい、美しい仕事をなさっていますね」。そして五十ドル下さったの。

それからあたしは遺体修復室に連れて行かれました。そこにコムストック夫人がウェディング・ドレスを着て、台の上に仰向けになって寝ていました。あたし、あの姿を一生忘れないでしょう。生まれ変わったようでした。こう言うよりほかはないわ。あれ以後、数え切れないぐらいのかたにご遺体をお見せする機会があったけど、大部分のかたがたがこうおっしゃるわ、「わあ、生まれ変わったみたいですね」。もちろんコムストック夫人はまだお化粧をしてありませんでした。髪はばさばさして、肌は白蠟《はくろう》のように真っ白でひんやりと静まり返っていたの。最初は手でさわる勇気が出なかったわ。でもそれから洗髪をして、生前とまったく同じようにブルーの髪染めをして、セットしました。全体を波立たせて、薄くなっている所にちょっとふくらみを持たせる。そして、かわかしているあいだに、化粧師がおしろいや紅をつけました。化粧師はあたしに見学させてくれたので、あたしはその人と話をしました。そのうち、ちょうどそのとき化粧師の口にあきがあるということを聞きました。そこですぐ店に帰ってジェップさんからお暇をもらったのです。それがもう二年近くも前のこと。それからずっとここで働いています」

「後悔していない？」

「いいえ、ちっとも。一度だってありませんわ。いまさっき、はかないなあって感じるとあたしが言ったこと、芸術家なら誰でも感じることじゃないかしら？　あなたもそうじゃないんですか？」

「それで、ここではホテルの美容院よりはたくさんくれるんでしょうね？」

「ええ、ほんの少しだけど。でもご遺体はチップを下さらないでしょう。だからとんとんね。けれど、あたし、お金のために働いているんじゃありませんもの。なんの報いも求めないでここに来たし、ただ食べてゆけさえすればいいと思います。それにケンワージー博士が、きっとよくなると強くおっしゃるんですもの。ようやく去年になって仕事がほんとうに好きになったわ。それまでは口の利けない人たちに奉仕することがうれしかっただけなのに、それからはこれはなんと心の慰めになることだろうと考えるようになりました。一つの痛む心に喜びを与えてあげるのだ、と思って一日を始めるなんて、すてきじゃありません？　もちろん、あたしの仕事はそのうちのほんのちょっぴりとした部分だけね。あたしは葬儀師の召使にすぎませんもの。でも仕上がった結果を見ていただいて反応を見るのは楽しみです。きのうはあなたの反応を見ましたわ。あなたはイギリス人だから、表情はあまりお変えにならない。でも、あなたが何を感じてらっしゃるかあたしにはわかったの」

「サー・フランシスはすっかり変わっていたなあ」

「ジョイボイさんがいらっしゃってから、あたしに、いわば、囁きの森がほんとうはどんな組織か教えてくださったの。ジョイボイさんにはどこか神々しいところがあるわ。あのかたが見えてから、この葬儀部の品位がとても高められましたのよ。あの朝、ジョイボイさんが若い葬儀師にこう言った言葉をあたし忘れないでしょう。「パークス君、ここは「幸せの園」じゃないことを忘れないでください」」

デニスはその名前に聞き覚えがあるようなそぶりをちらとも見せなかった。だが、知り合いになったばかりのころに、自分の仕事のことにも軽く触れておけば、親しくなれるのではないかと思ったときにも沈黙を守り続けたのだったが、言わないでおいてよかったという気持ちが皮下注射のようにくすぐったく身にしみた。そんなことをしていたら、二人の間はここまで進まなかっただろう。ただぼんやりした表情をしていたら、エイミーが言った。「あそこのことお聞きになったことはないと思うけど、動物のお葬式をするとてもひどい所なの」

「詩的じゃないって言うわけ？」

「あたしも行ったことがないの。噂に聞いただけよ。あたしたちの所をまねようとしているらしいけど、そんなこと神への冒瀆《ぼうとく》だわ」

「それで、夕方ここに来ると何を考えるの？」

「ただ死と芸術のことよ」エイミー・サナトジェナスはあっさり言った。

「安らけき死に半ば恋しつつ、か」

「なんておっしゃったの？」

「詩の文句を引用していたんですよ。

　……いくたびか

安らけき死に半ば恋しつつ

瞑想の歌に死を優しき名にて呼びかけぬ
中空《なかぞら》に引き取れよわがかそけき息を
真夜中に苦しみなくて息絶ゆるこそ
いまはいつにもまして豊かなれ*……」

「お作りになったの?」

デニスはちょっとためらった。「気に入った?」

「ええ、とてもすてきだわ。あたしがしょっちゅう感じていて、うまく言い表わせないことをぴったり言ってくれていますもの。「死を豊かにする」「真夜中に苦しみなくて息絶える……」。まったくそのことのために囁きの森があるようなものじゃないかしら。こんなときに詩が書けるって、とてもすばらしいわ。ここにいらっしゃってからお書きになったの?」

「ずっと前に書いたものさ」

「そうでしょうね。囁きの森の――湖の島で書いたって、こんなに美しくは書けないわ。あたしが来たとき書いてらしたのもこんな詩?」

「いや、違うんだ」

湖水を渡って「美わしの鐘楼《ベルフリ・ビューティフル》」の鐘《カリヨン》が美しい音色で時を告げた。

「六時ね。きょうは早く帰らなくちゃ」

「僕も詩を仕上げなくちゃ」

「残って、ここでお書きになる？」

「いや、家でやります。いっしょに帰ろう」

「詩ができ上がったら、見せていただきたいわ」

「送りますよ」

「あたし、エイミー・サナトジェナス。この近くに住んでいますの。でも詩は囁きの森に送ってくださる？　ここがあたしのほんとうの家なんですから」

二人が船着き場に着いたら、船頭が弱みを握っているぞという目つきでデニスを見て、言った。「彼女、やっぱり現われたね、お兄さん」

＊「いくたびか　安らけき死に…」　キーツの抒情詩「夜鳴鶯《ナイチンゲール》に寄せるオード」第六連冒頭部の引用。詩にうたわれた死の願望はエイミーの運命を予知している。

遺体修復師としてのジョイボイ氏の動作は、どれも自信に満ちあふれていた。厩舎から戻ってきたウィーダ＊の小説の主人公よろしく、ゴム手袋をはぎ取る。手術皿に投げ入れると、助手が差し出している新しいのをはめる。次いでカードと鋏を手に取り（カードはメッセージの記入用紙として、一階の花屋に供給されているもの）、一気にカードを楕円形に切り、横軸に沿って両端に半インチの切り込みをつける。遺体に屈みこみ、あごを調べしっかり固まっているのを確認する。口を開け、歯と歯茎に沿ってカードを置く。この時が決定的瞬間だ。助手は、カード上部の角を折り返す時の親指の軽快な動

＊ウィーダ　十九世紀後半のイギリスの女流作家。『フランダースの犬』など、動物を扱った作品もある。

き、ゴムの指先で優しく撫でて、生気のない乾いた両唇を再び閉じるときの動作に、いつもと同じようにうっとりと見とれる。見よ！　ぞっとするような苦悶の皺《しわ》があったところに、今では微笑が浮かんでいる。これぞ巨匠の技、すでに仕上げも終わっている。ジョイボイ氏は作品から後ずさりし、手袋をはぎ取るとこう言う、「サナトジェナスさんに回してください」

ここ何週間というもの、遺体運搬車からエイミーに投げかけられる表情は、平静から歓喜に変わっていた。ほかの女の子たちは、恐ろしい顔、諦めきった顔や虚ろな顔を扱わなくてはならなかったが、エイミーに送られてくる顔には、いつも明るい微笑が浮かんでいた。

遺体のこうした表情も化粧室では冷たくあしらわれる。それというのも、ジョイボイ氏の愛の光が、仕事をしている化粧部員みんなに降り注いでいるからである。夕方になると彼女たちはそれぞれ、夫や恋人のもとに帰っていく。本気でジョイボイ氏の恋人を志願する者はいなかった。学生の間を見て回る美術の先生のように、あるときは修正の、あるときは称賛の言葉をかけてやり、またときには、優しい手を生きている女の子の肩や死体の腰に置きながら彼女たちの間を巡回していくとき、彼はロマンスの登場人物のようだった。彼は全員が共有している崇拝の対象であって、特定の誰かが独り占めにしてよい戦利品ではないのだ。

エイミーの方でも、特別扱いの今の立場に安閑としているわけではなかった。とくにその朝は、素直に遺体の挨拶を受けることができなかった。というのも、彼女はジョイボイ氏が賛成しないとわかっていることをやってしまっていたからである。

この地方に大賢人と呼ばれる心霊の導師が住んでいて、地方紙の有名なコラムに毎日回答を寄せていた。家族の敬虔な絆が存在していたころ、その欄には「リディア叔母さんの郵便袋」という題がついていたが、今は「バラモン導師の知恵」という題になっていて、あごひげをはやした裸同然の賢者の写真が載っていた。不安と悩みを持つ者はこぞって、この異国風な神託所に赴いた。

ここ新世界の最果ての地では、打ち解けた態度と飾らない話し方は人々の猜疑心をかきたてることがなく、国民一般に見られるユーモアは不安を生むことがないと思われるかもしれない。しかし、事実はそうではない。エチケット、児童心理、美意識、セックスがこのエデンの園においても不安の鎌首をもたげ、バラモン導師がすべての読者に慰めと解決を与えた。

しばらく前のこと、死体の微笑の意味が初めてわかったとき、エイミーはバラモン導師に悩みを打ち明けていた。彼女が知りたいのはジョイボイ氏の意向ではなく、自分自身の気持ちだった。回答は十分納得のいくものではなかった――「A・Tさん、あなたは愛していないと思います――今のところは。相手の人格を尊敬し、仕事の能力を賛美する気持ちは、友情が発展していく基盤にはなりますが、それは「愛」ではありません。彼と一緒にいる時のあなたの気持ちを説明した個所を読みましたが、あなたと相手の間に肉体的親和力が存在しているとは回答者には思えません――今のところは。しかし、多くの人にとって、愛は遅れてやって来ることを忘れないでください。結婚後数年たち、二世《ジュニア》が誕生して初めて真の愛を経験したという例を知っています。その友だちに頻繁に会うようにしなさい。愛は訪れるかもしれません」

これはデニス・バーローが、彼女の心をさらに混乱させる前のことだった。「湖の島」で彼に会ってから、もう六週間たっていた。彼女はその朝会社に出勤する途中、夜の半分を費やして書いた手紙を投函した。それは彼女がそれまでに書いた手紙のなかで、いちばん長い手紙だった。

バラモン導師様
あなた様のご忠告をいただきたく、去る五月にお手紙を差し上げたこと、憶《おぼ》えていらっしゃるかと存じます。今回は活字にしていただきたくないことを書きますので、切手貼付の返信用封筒を同封いたします。この件にはたいへん困っていて何とかしなくてはなりませんので、どうぞ折り返し、ご都合のつくかぎり早くご返事を下さいませ。

私のことをご記憶でなければ、私は相手の男性と同じ会社に勤めていて、その人は主任をしており、すべての点で私の想像する中では最高に素晴らしい人格の持ち主だと言えば、思い出してくださるかと存じます。そんなに出世が早くて上品なかた、人の上に立つように生れついた人で、芸術家で、育ちのよさのお手本となる人――こんなかたと交際できるのは大変光栄なことだと思っています。ちょっとしたことの端々に、あのかたはほかの女の子よりも私の方が好きだということをはっきり示して下さいました。そして軽はずみな人ではないので、口に出して言って下さったわけではありませんが、立派に私を愛して下さっていると確信しています。ただ、周りの女の子たちが言っている、恋人と一緒にいる時の気持ちや映画で見るような感じを、あの人と一緒にいる時には持てないのです。

別のボーイフレンドといるときはそんな気持ちになるように思いますが、その人はさっきの人のように立派な人格の持ち主ではありません。まずこの人はイギリス人で、それでいろんな点でアメリカ人とは違うのです。言葉のなまりや食事の仕方だけを言っているのではありません。神聖であるべきことを冷笑するのです。その人は何の宗教も信じていないと思います。私は大学では進歩派でしたし、宗教に関しては不幸なしつけを受けましたので(他のことでも同じですが)、私も無宗教なのです。でも私は不道徳ではありません。(この手紙は親展ですから、私の母がアルコール中毒で、私がほかの女の子よりも感じやすく引っ込み思案なのは、たぶんそのせいだということは、申し上げておいてもよいかと思います。)またその人は、市民感覚や社会的良心もゼロです。その人は詩人で、イギリスで本が出版され、その地の批評家からとてもほめられました。私もその本と批評をいくつか見ましたので、このことは間違いなく事実です。でもここで何をしているのかは、いっこうにはっきりしないのです。映画会社にいたようなことを言うかと思えば、詩を書く以外何もしていないような口ぶりの時もあります。彼が住んでいた家を見たことがあります。一緒に住んでいた友人(男の)が六週間前に亡くなったので、今は一人で住んでいます。ほかの女の子とつきあったり、結婚していることはないと思います。お金はあまり持っていません。彼の外見はアメリカ人らしくないという意味で、大変目立ちますし、神を冒とくしないときはとても面白い人です。「囁きの森」霊園の芸術作品を例に取りますと、私はそれをアメリカ的生活様式が生み出した最善なるものの精ずいだと思うのですが、彼はそれを冒とくすることがよくあるのです。こんなふうで、幸せになる希望はあるのでしょうか。

また彼には、教養というものがまったくないのです。初めのころは、詩人らしい人で、ヨーロッパにも行って芸術を見てきた人だと思いました。でもアメリカの巨匠たちの多くは、彼には何の意味も持たないようなのです。

とても優しくて愛情のある時もあるかと思うと、突然不道徳な態度になり、私までもそんな気持ちにしてしまいます。こんなわけで、ご忠告いただけましたら本当にありがたく存じます。こんなに長い手紙を書いてしまいましたが、わずらわしくお思いにならなかったことを願っております。

心からあなたのものなる

エイミー・サナトジェナス

彼は私にたくさん詩を書いてくれましたあるものは大変美しくまったく道徳的ですがあるものはそれほどでもありません。

この手紙が郵送されていると思うと、エイミーは気が重かった。ありがたいことに、遺体運搬車から投げかけてくるいつもの歓迎の微笑以外、ジョイボイ氏から愛のしるしは来ないまま午前中が過ぎた。彼女はわき目も振らず、次々に化粧を施していったが、「幸せの園」ではデニス・バーローも忙しく働いていた。

そこでは焼却炉が二つとも稼働していた。犬六匹、猫とバーバリ山羊各一匹を処理しているのだ。飼い主は誰も来ていなかった。彼はシュルツ氏と一緒にてきぱきと仕事をこなした。猫と犬全部の処理は二十分で済んだ。デニスはまだ真っ赤に燃えている灰を掻き出し、飼い主ごとにラベルを貼ったバケツに入れて冷ました。山羊は一時間近くかかった。デニスは耐熱ガラスの窓から時々覗いていたが、やっと時間が来て、角の生えた頭蓋骨《ずがいこつ》を火掻きでたたきつぶした。それからガスを切り、焼却炉の戸を開け放し、骨を入れる容器を用意した。骨壺を買う気になった飼い主は一人しかいなかった。

「わしはもう帰るよ」シュルツ氏が言った。「熱が引いて容器に入れられるようになるまで残っててくれないか。猫以外は全部飼い主に配達する分で、猫は納骨堂行きだ」

「オッケーです。山羊の分の「思い出のカード」はどうします？　天国で尻尾を振っているというのはちょっとまずいんじゃないかな。山羊は尻尾を振りませんからね」

「フンをするときは振ってるよ」

「そうですが、カードの言葉としてはふさわしくないでしょう。猫のように喉を鳴らすわけでもなし、小鳥のように祈りの歌を囀《さえず》るというわけでもなし」

「ただ思い出すだけかな」

デニスは書いた、「あなたのビリーは今夜天国であなたのことを思い出しています」

彼はバケツの底でくすぶっている、灰色の小さな塊を引っ掻きまわした。それから事務室に戻り、『オックスフォード英詩選集』を開いてエイミーに贈る詩を探しはじめた。

彼はあまり本を持っていないので、材料が足りなくなっていた。エイミーに贈る詩を初めは自分で書くようにしていたが、昔の大詩人たちが彼女の好みであることがわかったのだ。そのうえ、詩の女神《ミューズ》が彼を執拗に悩ませていた。フランシス・ヒンズリーが生きていたころに書いていた詩を（今でははるか昔のことに思える）、彼は中途で投げ出していた。ミューズが求めているものではなかったのだ。ミューズはとても長く、しかも複雑で重要なメッセージを彼に伝えようとしていた。それは囁きの森霊園に関するもので、エイミーとはごく間接的にしか関わっていない。ミューズの願いは、早晩聴き入れなくてはならないだろう。エイミーよりこちらの方が先なのだ。エイミーにはとりあえず、福引の籤《くじ》よろしく詞華集の中から詩を引かせておくしかないだろう。「きみを夏のひと日に比べようか」（シェイクスピア『ソネット集』第十八番一行）という詩行が、学校で習ったものにどこか似ていると言われたときは危うくばれそうになったし、「真夜中にきみの寝床によこたわり」（ハウスマン『シュロップシアの若者』第十一番一行）を不道徳だと非難されたときは、もう少しで嫌われるところだった。「いま深紅の花びら眠る　また白色の花びらも」（テニソン「王女」第七巻一六一行）は、ずばり的を射抜いていたが、これほど高尚で意味深長で官能的な詩行はあまりないことも彼は知っていた。イギリスの詩人たちはカリフォルニア式求愛の迷路では、確かな道案内人ではないことがわかってきた。ほとんど全員、馴れ馴れしすぎるか、沈鬱すぎるか、仰々しすぎるか、厳しすぎるかのどれかだ。彼らは叱りつけ、哀願し、褒めそやす。デニスが求めているのは、セールスマンの売り込み術なのだ。彼はエイミーを陶酔させようとしていたが、その方法は彼女の魅力や彼の長所を意識させることではない。彼が差し出しているものを味わったら、どんなに深々とした大きな悦びを得るだろうかと思わせることなのだ。映画も流行歌手もそうしていたが、イギリスの詩人はそうしていないようだった。

三十分後、彼は探すのをやめた。最初の犬二匹は熱が引いて、容器に入れられるようになった。彼は山羊を引っ搔きまわしたが、それは灰白色の表面の下でまだ真っ赤に燃えていた。今日はエイミーに贈る詩はやめにしておこう。そのかわり、プラネタリウムに連れていこうと彼は思った。

修復師たちは葬儀部の他のスタッフと同じ食事をとるが、中央のテーブルで離れて食べる。最近はじまった神聖な伝統に従って、彼らは毎日金網のさいころ入れを振り、負けたものが全員の勘定を払う。ジョイボイ氏が振り、負け、機嫌よく払った。月に均《なら》すと、彼らの支払いはだいたいとんとんになった。このギャンブルの魅力は、週末の支払いが十ドルや二十ドル多かろうと少なかろうと、大して気にもとめない鷹揚《おうよう》さを示せるところにあった。

消化剤のドロップをなめながら、ジョイボイ氏は社員食堂の入口付近をうろついていた。女子社員が煙草に火をつけながら、三々五々、食堂から出てくる。煙草を喫わないエイミーは仲間から孤立していた。ジョイボイ氏は彼女を幾何学式庭園に誘った。二人は「人生の謎」を表わす寓意的な群像彫刻の下に立った。

「サナトジェナスさん」ジョイボイ氏が言う、「わたしはあなたの仕事を高く評価しています。そのことを知ってほしいんです」

「ジョイボイさん、ありがとうございます」

「きのう園主《ドリーマー》にも話しておきました」

「まあ、ジョイボイさん、ありがとうございます」

「サナトジェナスさん、ここしばらく園主は何かを期しておられたのです。ご存じのように、先を見る目がある人ですからね。あのかたは果てしない夢想家です。囁きの森でも、女性がちゃんとした地位に就くべき時がきた、下積みの仕事ぶりで、もっと高度の仕事ができることを立証したとお考えなんです。神経がデリケートなために、ご遺体に対する義務を果たしていない人が世の中には大勢いる、ケンワージー博士はそうも考えておられるんです。わたしに言わせれば、お上品ぶっているせいとしか思えないんですが、ケンワージー博士は、ご遺体に対して少しでも不謹慎な感じのすることはしたくない、それも無理はないと、こうお考えなんです。要するにですね、サナトジェナスさん、園主は女性の修復師を養成したいというご意向でしてね。本当に賢明な人選だと思うんですが、あなたが選ばれたんですよ」

「まあ、ジョイボイさん」

「何も言わなくていいです。今のお気持ち、よくわかります。あなたが承諾したと伝えていいですか」

「まあ、ジョイボイさん」

「それで勝手なことを言わせてもらえればですね、ちょっとしたお祝いをしてしかるべきじゃないでしょうか。今晩夕食をつきあっていただけませんか」

「まあ、ジョイボイさん、なんて言っていいかわかりませんわ。もうデートの約束のようなことをしてしまいましたの」

「でもそれは、さっきのニュースを聞く前のことでしょう。だから事情はいくらか変わってくるんじゃありませんか。それに二人きりになろうというわけじゃないんですよ、サナトジェナスさん。家に来ていただきたいんです。囁きの森初代女性修復師をかあさんに紹介する大きな特権と喜びを、わたしの権利として主張します」

感激に包まれた一日だった。その日の午後、エイミーは仕事に集中することができなかった。さいわい、大事な仕事はあまりなかった。つるっぱげの頭に鬘《かつら》の膠《にかわ》づけをしている隣の同僚に手を貸したり、男の赤ん坊を刷毛《はけ》ではいて肌色に仕上げたりとか。しかしその間も彼女の心は遺体修復室にあって、栓《せん》から洩れるシューシューという音や、用務員が蓋《ふた》をした手術皿を持って出入りする様子や、縫合糸や結紮《けっさつ》糸を要求する低い声をじっと聴いていた。修復室との間を仕切っているオイルクロスのカーテンの向こうに、彼女は一度も足を踏み入れたことはなかった。じきに、そこへ自由に入っていけるようになるのだ。

四時に、化粧部の主任が作業の終了を告げた。彼女は化粧品と瓶を、いつものように念入りに片づけ、刷毛を洗い、更衣室に着替えに行った。

彼女は湖の岸でデニスと会うことになっていた。彼女は待たされ、遅れてきた彼にこのあと夕食に招ばれていると告げたとき、彼は腹立たしいほど落ち着きはらって了承した。「例のジョイボイとかい?」彼は言う、「それは傑作だな」。しかし彼女はさっき聞いたことで頭がいっぱいで、そのことを言わずにいられなかった。「へえ、それはすばらしいじゃないか。収入はどれぐらいなの？」

「さあどうかしら。そのことは訊いてみなかったの」

「かなりいい線いくんじゃないか。週百ドルぐらいはいくと思う？」

「あら、ジョイボイさん以外、それだけ稼ぐ人はいないと思うわよ」

「それじゃ五十か。五十なら悪くない。それだけあれば結婚できる」

エイミーはその場に立ち竦み、彼をまじまじと見た。「なんですって」

「僕らは結婚できるんだよ。五十以下ってことはないだろうね」

「お願い。どうしてあたしがあなたと結婚するなんて考えたの？」

「そりゃきみ、僕をためらわせていたのは、一にも二にも金だからね。これできみは僕を養える。僕らを引きとめるものは何もないよ」

「アメリカの男だったら、妻に養ってもらおうと考えるなんて、考えた自分を軽蔑するわ」

「そうかもしれないが、あいにく僕はヨーロッパの人間なんでね。古い文明国に住んでいる僕らは、そんな偏見は持ってないな。五十は大した金じゃないが、少しぐらい不自由な生活を辛抱するのは構わんよ」

「あなたって、まったく見下げはてた人ね」

「馬鹿を言っちゃいけないよ。ねえ、本気で怒ってるわけじゃないんだろ?」

エイミーは本気で怒っていた。突然その場を離れると、その日の夕方お招ばれの夕食に出かける前に、バラモン導師宛に急いで一筆認《したた》めた——「今朝の私の手紙に対するご返事はどうぞお構い下さいませんように。自分の心がわかりました」。それから、それを新聞社に速達で送った。

エイミーは落ち着いた手つきで、アメリカの女の子が恋人に会う用意をする時の儀式を果たしていった。制汗パウダーを脇の下にはたきつけ、吐息を爽やかにする薬液でうがいをし、髪に香水をふりかけてブラシをかけた。瓶には次のようなラベルが貼ってある。「ジャングル・ヴェノム」——魔除けの太鼓が生贄を求めて不気味に鳴り響く灼熱の沼底から(と広告は謳う)、ジャネット社最新の特製品「ジャングル・ヴェノム」はあなたのもとにやって来たのです。狩りをする人食い人種が容赦なく獲物に忍び寄るように。

お招ばれにふさわしい身支度を完璧に済ませると、エイミーは気が楽になった。ジョイボイ氏が玄関のドアを開けて、「やあ」と調子よく声をかけてくれるのを待つばかりだ。彼女は明白になった自分の運命を受け入れる用意ができていた。

　しかしこの夜のデートは、彼女が望んでいたようにはならなかった。そのスタイルは彼女の期待を大きく裏切るものだったのだ。彼女は人の家に招ばれることはまれにしか、いやほとんどなかった。それで過剰な期待を抱いていたのかもしれない。彼女が知っているジョイボイ氏は非常に優れた職業人で、業界紙「ひつぎ」の常連寄稿者で、ケンワージー博士の親友で、葬儀部の唯一の太陽だった。彼女は彼の作品の比類のない美しい曲線に息をのみ、それを朱色の刷毛で辿る仕事をしてきた。彼女は彼がロータリークラブの会員で、ピシアス慈善会のメンバーであることを知っていた。彼の服と車は非のうちどころのない新しいものだったし、ジョイボイ氏が颯爽《さっそう》と車を走らせて私生活へ戻っていくとき、彼女の知らない遥か雲の彼方の世界に帰っていくのだと彼女は想像していた。しかし、事実はそうではなかった。

　彼らは長いことサンタモニカ大通りを走った後、やっとある分譲住宅地へ乗り入れた。そこは感じのいい地区ではなく、零落した雰囲気が漂っている。区画の多くは空き地のままだったが、家が建っている区画も真新しい感じがなくなっている。彼らが車を停めた平屋建ての木造家屋も、周りの家と比べて特に目立つような家ではなかった。じっさい、葬儀師はどれほど有名であっても、映画スターのように高給取りではないのだ。それにジョイボイ氏は慎重だった。貯金し、生命保険にも入っていた。彼は世間にいい印象を与えたいと思っていた。いつかは家と子供を持つことになるだろう。それまでの間のこまごました物入り、かあさんに必要な金――これらは無駄金だった。

「庭をいじる暇もないいんだよなあ」あたりを見ているエイミーの視線に、それとない無言の批判があるのを感じたらしく、ジョイボイ氏が言う。「ここはね、西海岸に来たとき、かあさんに住んでもらうために急いで手に入れた仮住まいなんだ」

彼は玄関のドアを開け、身を引いてエイミーを通し、彼女の後からヨーデル調の大声で言った。「ヤッホー、かあさん。来ましたよ!」

威張り散らした男の声が、小さな家全体に充満している。ジョイボイ氏はドアを開け、騒音の源――これといった特徴もない居間の、中央のテーブルに置かれたラジオ――のところにエイミーを招じ入れる。ミセス・ジョイボイがその近くに坐っていた。

「静かに坐っててちょうだい」彼女が言った、「これが終わるまでだから」

ジョイボイ氏がエイミーにウィンクした。彼が言う、「おふくろは時事解説はぜったい聞き逃がしたくないんだ」

「静かにして」ミセス・ジョイボイがすごい剣幕で繰り返した。

彼らは十分間黙って坐っていたが、間違った情報を垂れ流している耳障りな声は、トイレットペーパーを宣伝する優しい声に変わった。

「切ってちょうだい」ミセス・ジョイボイが言った、「今年、また戦争が起こるだろうと言ってるわ」

「かあさん、こちらエイミー・サナトジェナスさん」

「そう。夕食はキッチンにありますよ。好きな時に食べなさい」

「エイミー、おなかすいてる？」

「いいえ。ええ、少し」

「おふくろが僕たちにどんなご馳走を作ってくれたか、見てこようよ」

「いつもと同じよ」ミセス・ジョイボイが言う、「ご馳走を作ってる暇なんかなかったの」

ミセス・ジョイボイは椅子に坐ったまま、ラジオとは反対側の、覆いをした奇妙なものに顔を向けた。彼女がショールの端を引っ張ると、針金の鳥籠とほとんど毛の抜けたオウムが姿を現わした。「サンボ、サンボ」彼女は愛想よく声をかける。オウムは首をかしげ瞬きをした。「サンボちゃん」彼女は言った、「話しかけてくれないの?」

「かあさん、サンボはもう何年もしゃべってないよ」

「おまえがいないときはいっぱいしゃべるよ。そうだわね、サンボちゃん」

鳥は反対側に首をかしげ、瞬きをし、突然残り少ない羽毛を逆立てると、汽笛のようにヒューと鳴らした。「それごらん」ミセス・ジョイボイが言う、「サンボに嫌われるぐらいなら、死んだ方がましだわ」

缶詰のヌードルスープ、缶詰の蟹を和えたサラダがあり、アイスクリームとコーヒーがあった。エイミーはトレイを運ぶのを手伝った。エイミーとジョイボイ氏はラジオをかたづけ、テーブルを整えた。ミセス・ジョイボイは意地悪そうな目で、椅子から彼らの様子を見ている。偉人の母親が息子の崇拝者をまごつかせるのは、よくあることだ。ミセス・ジョイボイは怒っているような小さな目と縮れた髪をし、異常に大きな鼻に鼻眼鏡《パンスネ》をかけ、肥った体に不快でどぎつい色の服を着ていた。

「ここはあたしたちがもといた所とは、場所も違えば暮らし方も違うわ」彼女が言った、「あたしたち東部の人間なの。誰かさんがあたしの言うことを聴いてくれてたら、今でも東部で暮らしていたでしょうよ。ヴァーモントにいたころは、黒人の女の子に決まった日に来てもらってたの。週に十五ドルで喜んでたわ。ここじゃそんな人見つかりませんよ。ここでは何だって見つからないんだから。あのレタス、見て。元いたところでは、物ももっとたくさん、もっと安くてもっといいものがあったわ。家を切り盛りしていくのにやりくりしていたんだから、なに不自由なく暮らしていたわけではないけど」

「かあさんは冗談が好きなんだ」ジョイボイ氏が言った。

「冗談ですって? あたしのやりくりで家を切り盛りしていればこそ、お客さんもいらっしゃれるんじゃない。それを冗談だというの?」それからエイミーをじっと見据えると、こうつけ加えた、「それにヴァーモントでは、女の子も働きますよ」

「エイミーは働き者なんだよ、かあさん。そう言ったでしょ」

「それに、いいお仕事だわね。あたしの娘だったら、そんな仕事はさせませんよ。お母さんはどちらにいらっしゃるの?」

「東部に行きましたの。亡くなったと思いますわ」

「ここで生きてるより、向こうで死んだ方がましね。思いますわ、だなんて。このごろ子供が気にかけてくれるのは、せいぜいその程度なのね」

「かあさん、そんなことまで言わなくたっていいでしょう。僕が気にかけて……」

この後やっと礼を失しないで、辞去することができる時が来た。ジョイボイ氏が門のところまで送ってきた。

「きみの家まで送りたいんだけど。かあさんを一人にしたくないもんだから。電車が角のところを通ってる。だいじょうぶだよ」

「ええ、だいじょうぶよ」エイミーは言った。

「かあさん、きみが気に入ったよ」

「さあ、どうかしら」

「そうさ。いつだってわかるんだ。かあさんは人を好きになると、僕と同じようにお客様扱いしないんだ」

「たしかにお客様扱いはなさらなかったわね」

「そうだよ。そう、きみをお客様扱いしなかった。まちがいないさ。きみはかあさんに本当にいい印象を与えたよ」

その晩ベッドに入る前に、エイミーはさらにもう一通、バラモン導師に手紙を書いた。

バラモン導師とは、二人の陰気な男と一人の陽気な若い秘書のことである。陰気な男の一人がコラムを執筆し、もう一人のスランプという男が、個人的に回答を求めてくる手紙を担当した。二人がオフィスにやって来るまでに、秘書がめいめいの机に、届いた手紙を選り分けておいてくれる。スランプ氏はリディア叔母さん時代の生き残りで、彼女の流儀をとどめていたが、たいがい手紙の束の小さいほうをもらうことになった。というのも、バラモン導師に手紙をよこす連中の多くは、自分の悩みを世間にさらすことを好んだからだ。そのほうが自分の重要性を感じさせたし、それがきっかけで他の読者との文通に発展することもあった。

エイミーの便箋には、「ジャングル・ヴェノム」の香りがまだ残っていた。

「親愛なるエイミーへ」絶え間なく喫い続けている煙草に、また新しく一本火をつけると、スランプ氏は口述を続けた、「あなたのこの前の手紙のことは、少し気になっていました」

スランプ氏が喫っている煙草は、もっぱら呼吸器系統を保護する目的で専門医が処方したものである――そう広告は謳っていた。けれどもスランプ氏は、そして彼と一緒に若い秘書も、喉をやられてひどく苦しんだ。毎日、仕事始めの何時間かは、地獄の底から上がってくるかのような咳にとりつかれ、ウイスキーを飲んでやっと治まる。ひどい朝など、スランプ氏が吐くのではないかと、同じ苦しみを味わっている秘書には思えるのだった。今日も例のひどい朝の一つだった。彼は吐き気を催し、がたがた震え、顔をハンカチでぬぐった。

「家庭を愛し、家庭を築くアメリカの女性は、あなたが言っているような扱いを受けたからといって不平を言ってはいけません。あなたの友だちは母親に会わせるためにあなたを家に招ぶことで、彼に出来る最高の敬意を表したのです。それに、彼の母親があなたに会いたいと思わなかったら、彼女は本当の意味で母親とは言えません。エイミーよ、あなたの息子が知らない女性を家に連れてくる時がいずれ来るでしょう。それに、彼が家で母親を手伝うことが彼の不名誉になるとも思いません。エプロンをつけている姿を見て、みっともないと思ったとあなたは書いていますね。しかし、世間のしきたりに頓着しないで人の手助けをすることこそ、真の品格の極致というものです。あなたの態度が変わった唯一の理由は、彼にはそう思っていい権利があるのですが、あなたが彼を愛していないからです。もしそうであれば、次に会ったときに率直にそう言うべきです。

あなたが挙げているもう一人の友だちの欠点は、あなたにはよくわかっています。それで、表面の魅力と真の価値を区別すること、この点に関しては自信を持ってあなたの良識に任せられます。詩は大変結構なものですが、わたしに言わせれば、家庭の雑用を喜んで手助けする男は、おしゃべりな詩人十人分の値打ちがあります」

「これは言いすぎかな」

「言いすぎよ、スランプさん」

「ちくしょう、今朝はひでえや。この女とんでもない浮気者だな」

「べつに珍しくもないでしょ」

「そうだな。まあとにかく、少し言葉を和らげてくれ。それと例の爪をかむ癖の女から、また手紙が来てるんだ。前回はどういう忠告をしてやったかな」

「美について瞑想しなさい、だったわ」

「瞑想を続けるように言ってくれ」

五マイル離れた化粧室で、エイミーは仕事を中断し、その朝デニスから受け取った詩を読み返していた。

神　かの女《ひと》の目を円《つぶら》かに象《かたど》り（彼女は読んだ）
火もて彩りたまえり
そは　わが心の埋火《うずみび》を掻きたて
欲情をくすぶらす……

その体は一輪の花　髪は
項《うなじ》にまとわりつく
その光彩　いずくにもありて
陽光の誇りなれ

その繊《ほそ》き手は柔らかにして
指先の動けるを見しとき
我はまことに知りぬ　男の
愛ならずとも死せるを

ああ生くべし　麗しの君よ　わが眼は
祈りにも似て　その姿を追い求む*……

一筋の涙がエイミーの頬をつたって流れ、微笑を浮かべた蒼白い死体の顔の上に落ち

*「神　かの女の目を…」　二十世紀初頭のイギリスの作家リチャード・ミドルトンの詩「恋する男は誰も」第二、第四―六連。「生くべし」はエイミーへの皮肉な呼びかけになっているし、「男の愛ならずとも死せるを」は、デニスのエイミーに対する思いが、彼女の退廃的な美への欲望であって愛ではないことを婉曲に表している。

た。彼女はリンネルの仕事着のポケットに原稿をしまうと、柔らかな小さい手を遺体の顔の上で動かし始めた。

「幸せの園」では、デニスがこう言っていた、「シュルツさん、給料を上げてもらえませんか」

「今はできないね。この商売、今は金にならないんだ。そのことはわしだけじゃなく、きみも知ってるだろ。きみは前の男より五ドルも余計に貰ってるんだぜ。きみがその柄じゃないというつもりはないよ、デニス君。景気がよくなれば、いの一番にきみを昇給させるさ」

「結婚しようと思っているんです。相手の娘は僕がここで働いていることを知りません。彼女はロマンチックなんです。この仕事をよくは思わないでしょうね」

「他にもっといい勤め口はあるのかい?」

「いいえ」

「まあ、ロマンチックとやらを諦めるように言うんだな。固定週給四十ドルは、何で稼いだって四十ドルなんだから」

「自分で望んだわけでもないのに、僕はジェイムズ問題の主人公になってしまったんです。シュルツさん、ヘンリー・ジェイムズの本、何かお読みになったことありますか」

「本を読む暇なんかないの、きみ知ってるだろ」

「彼の書いたもの、たくさん読む必要はないです。ストーリーのテーマは全部同じですから。アメリカの無垢とヨーロッパの経験」

「わしらアメリカ人をからかってやろうというわけか」

「ジェイムズは無垢なアメリカ人でしたよ」

「どっちにしろ、自分の国の人間をくさすような奴にかまってる暇はないね」

「彼はくさしてるつもりじゃないんです。彼のストーリーはみんな、何らかの意味で悲劇なんですよ」

「悲劇にかまってる暇もないね。棺桶の端を持ってくれ。牧師さんが来るまで、あと三十分しかない」

その朝、一カ月ぶりに盛大な葬儀が営まれた。十二人の会葬者が参列する中、シェパード犬の棺が花で縁どられた墓穴に下ろされた。エロル・バーソロミュ師が祈禱文を読んだ。

「雌犬の生む犬はその日少なくして艱難《なやみ》多し。その来ること花のごとくにして散り、その駛《は》すること影のごとくにして止《とど》まらず……（「ヨブ記」十四―一・二のもじり）」

そのあと、事務室でバーソロミュ師に小切手を渡しながらデニスは尋ねた、「教えてください。無宗派の牧師さんにはどうしたらなれるんですか」

「神のお召しを受けることです」

「もちろんそうでしょうが、お召しを受けた後で、どういう手続きが要るんですか。無宗派にも主教がいて、その人が任命するわけですか」

「いや、そうではありません。お召しがあった人は人間の干渉を受ける必要はありません」

「それじゃ、ある日「私は無宗派の牧師です」と宣言して、商売を始めるってわけですね」

「かなり経費がかかりますよ。集会所が要ります。しかし、銀行はたいてい喜んで力を貸してくれます。それと誰でも狙うのは、もちろんラジオの大衆集会ですね」

「バーソロミュさん、僕の友人がお召しを受けているんです」

「お召しに応える前に、もう一度お考えになるよう忠告しておきたいですね。競争は年々激しくなっています。とくにロサンゼルスではそうです。最近、無宗派の牧師の中には何にでも手を出す人がいましてね。心霊治療やらコックリさんやら」

「それはよくないですね」

「聖書の典拠が全然ないわけですから」

「僕の友人は葬儀の仕事を専門にやろうかと考えているんです。つてがあるんです」

「安い金にしかなりませんよ、バーローさん。結婚式や洗礼式のほうがもっと金になります」

「友人は、結婚式や洗礼式にはあまり関心がないんです。彼が求めているのは「階級《クラス》」なんです。無宗派の牧師は、遺体修復師と社会的地位は同じだとお考えになりませんか」

「そう思いますよ、バーローさん。アメリカ人の心には、聖職者に対する厚い尊敬の念がありますからね」

オールド・ラング・サイン小教会*は、ユニヴァーシティ教会や霊廟からは見えない庭園のいちばんはずれにある。鐘楼や祭壇のない粗末な建物で、人を圧倒するよりも魅惑するように設計され、ロバート・バーンズとハリー・ローダー（一八七〇—一九五〇。スコットランドのバラッド歌手）に捧げられていて、彼ら二人の記念品が別館に展示されている。格子縞の絨毯《じゅうたん》だけが、建物の内部に彩りを添えている。もとは壁の周りに植えられていたヒースが、カリフォルニアの陽を受けてはびこりすぎ、ケンワージー博士が夢に見たものより大きくなってしまった。それで彼はヒースを引きぬいて隣接する一帯に壁をめぐらすと、そこを均《なら》し、舗装し、学校の校庭のような雰囲気を作り出したが、それはこの教会が奉仕するスコットランド民族の、高度な教育的伝統とよく調和していた。しかし、飾らない素朴も伝統への盲目的忠誠も、夢想《ドリーマー》博士の趣味には合わなかった。彼は模様替えをし、エイミーが「囁きの森」に来る二年前に、この飾り気のない場所に、新たに「恋人たちの愛の巣」を造った。そこは恋人たちに詩的ないちゃつきを奨励する、「湖の島」に匹敵するような青草茂る場所ではなく、完全にスコットランド風な所（博士にはそう思えた）、商談を進め契約書にサインすることもできるような場所だった。それは壇の上に載せた一対の花崗岩《かこうがん》の玉座からなっている。そんなふうに配置された二つの椅子の間に、ハート形の穴をあけた石板が置いてあり、裏には次のような碑文がある。

恋人たちの椅子

この椅子はアバディーン州の高地地方《ハイランド》から切り出された、本物の古いスコットランド石でできており、そこに古《いにしえ》の「ブルース王の心臓」*の象徴が置かれています。かの地の谷間《グレン》に伝わる伝説によれば、この椅子に坐って愛を誓い、「ブルース王の心臓」ごしにくちづけを交わした恋人たちは、互《かたみ》に多くの愉しき日《キャンティ・デイ》を送り、あの永遠のアンダソンの恋人たち*のように、手に手を取りあって黄泉へ下りていくにちがいない、と言われています。

*オールド・ラング・サイン　「懐かしい昔」を意味するロバート・バーンズの詩の題。「蛍の光」の曲は、元はこの詩につけられたもの。
*ブルース王　スコットランド王(在位一三〇六―二九)。失敗にめげない蜘蛛に勇気づけられ、祖国独立の誓いを果たした逸話は有名。
*アンダソンの恋人たち　バーンズの詩「あたしのいい人ジョン・アンダソン」のこと。一六二頁で末尾の部分をデニスが引用する。

所定の誓いの言葉が踏み段に刻んであり、椅子に坐った恋人たちは都合よく、それを見ながら口ずさむことができるようになっていた。

愛する人よ　この世の海原《うなばら》涸れつきて
この世の巌《いわお》　陽《ひ》に溶けるまで
愛する人よ　常にもきみを愛しと思わん
いのちの砂の　流れゆく間《ま》は＊

この思いつきは一般の好尚に投じ、多くの人がここを訪れる。遊歩者を惹きつけるものは、ほかには何もない。儀式は一分足らずで終わるが、夕方になると多くの恋人たちが何組も順番を待っているのが見え、バルト海沿岸出身の、あるいはユダヤ系やスラヴ系の移住者が、慣れない舌先に変ななまりをつけて碑文を読んでいる。碑文はやがて、どことなくマンボジャンボ（西アフリカ黒人の守護神）の神々しさを帯びてくる。彼らは穴ごしにくちづけをし、多くの場合自ら演じた秘儀の厳粛さに沈黙して、次の恋人たちに席を譲る。ここには、鳥のさえずりはない。その代わり、バグパイプの音が松林やまだそこに生き残っているヒースにつきまとう。

ジョイボイ氏と夕食を共にした数日後、新たな決心をしたエイミーはデニスをここに呼び出した。デニスは囁きの森の流儀で所狭しと並べられた碑銘を見渡しながら、生まれつき方言が嫌いで、ロバート・バーンズから求愛の詩句を借用しないで済んだことをありがたいと思った。

彼らは順番を待ち、やがて玉座に並んで坐った。「愛する人よ　この世の海原涸れつきて」エイミーがつぶやき、美しい顔を小さな窓からのぞかせた。彼らはくちづけをし、厳粛な面持ちで椅子を降り、順番待ちをしているカップルには目もくれないでそこを離れた。

「デニス、キャンティ・デイって何のことなの」

「考えたことないよ。大晦日《ホグマネー》のことか何かじゃないかな」

「ホグマネーって?」

＊「愛する人よ…」　バーンズの抒情詩「ぼくの恋人は真っ赤な薔薇のよう」第三連。「いのちの砂」は砂時計のイメージを下敷きにしている。

「グラスゴーの舗道で気分が悪くなった人のことさ」

「へえ」

「あの詩の終わりを知ってるかい。「それでは下《お》りていきましょう　転ばないよう手に手をとって　いっしょにふもとで寝ましょうね　あたしのいい人ジョン・アンダソン」」

「デニス、あなたの知っている詩はどうしてそう下品なの。牧師になるなんて言っているくせに」

「無宗派のね。だけどこういうことに関しては、再洗礼派に傾いているんだ。とにかく婚約したカップルにとっては、何だって道徳的なんだよ」

ほとんど間をおかずエイミーが言った、「ジョイボイさんに手紙を書かなくては。それと、あのかたにも」

その夜、彼女は手紙を二通書いた。それらは午前の便で配達された。

スランプ氏が言った、「彼女んとこに、いつものお祝いと忠告の手紙を送っておいてくれ」

「でもスランプさん、彼女は違うほうと結婚しようとしてるのよ」

「その点は何も触れんでいい」

そこから五マイル離れたところで、エイミーはその朝最初の遺体から覆いを取った。遺体はジョイボイ氏から回されてきたもので、顔は底知れぬ悲しみを湛えており、彼女の心は痛んだ。

スランプ氏は遅刻して来た。二日酔いで頭がずきずきした。

「うるわしのサナトジェナスからまたまたお便りか」とスランプ氏は言った。「あのご婦人にはケリをつけたんじゃなかったっけ」

バラモン導師様

三週間前私は万事うまくゆきました、というおたよりを書きました。そして心を決めて、幸せだと思っていました。でも私やっぱりふしあわせなのです。前よりも、ある意味ではもっとふしあわせかもわかりません。ときどきイギリス人のボーイフレンドは私に優しくしてくれ、詩をささげてくれます。けれどもよく不道徳なことを求めます。そして私が、だめ、待たなくちゃ、と言うと冷笑的になるのです。私はほんとうのアメリカ風の家庭が出来るかしら、と心配になって参りました。あの人は牧師になるなどと言い出すのです。そうです、私は前に申し上げたように進歩的ですから、宗教がありません。でも、宗教に対して冷笑的になっていいとは思いません。なぜなら宗教はある人々を幸せにするわけですし、この進化の段階では、みんながみんな進歩的というわけにはいきませんから。あの人はまだ牧師にはなっていません。まず、ある人に約束したことをやらなければならないと言っていますが、それが何なのか言ってくれません。私はときどきあの人がこんなにひた隠しにするのは何かうしろ暗いことがあるからではないかと心配になります。

それから、私の一身上のことがあります。私は地位が上がる大きな機会の申し出を受けています。でも、もうその後、なんの音さたもありません。この部の主任は、私が前に申し上げた、お母さんの家事を手伝うかたです。そして、私がイギリス人のボーイフレンドと婚約してそれを知らせてから、あのかたは私には、同じ部の他の女の人に職業上のことで話しかけるほどにも、口を利いてはくれなくなりました。私たちの職場は幸せになることが目的になっていて、それが第一の原則なのです。そして誰もがこのかたをその鑑《かがみ》と仰いでいました。ところがあのかたはとてもふしあわせなのです。この場所が目的としているものに似つかわしくないのですが、ときどきみすぼらしい感じさえします。そんなこと前には決してなかったことですのに。私のフィアンセのすることといったら、あのかたの名前について冗談を言うことぐらいです。私、あの人が、私の仕事に対していだいている興味も心配ですの。つまり、私は男の人が女の人の仕事に興味をもって悪いとは言いませんけれど、あの人のは少々行き過ぎだと思うのです。私の申し上げたいのは、どんな仕事でも、仕事場の外では決して話してほしくない専門的なことがあると思うということなのです。それなのにあの人が聞きたがるのはそういうことばかり……

「女って、いつもこうなんだよな」スランプ氏は言った。「自分から振っておきながら、辛い、悲しいとため息をつくんだ」

エイミーの仕事場にはよく手紙が待っていた。二人が前の晩に気まずい思いで別れたあとも、デニスは寝る前に詩を一つ書き写し、そして仕事に行く途中、霊園に寄ってほうり込んだ。これら彼のきれいな筆跡で書かれた便りは、失われてしまった微笑の代わりをつとめるに違いなかった。遺体運搬車に載せられて来る遺体は、その主人同様みな悲嘆に打ち沈み、恨みがましい面もちをしていた。

その朝、エイミーは前の晩の喧嘩《けんか》があとを引いてすさんだ気持ちでやって来ると、詩を書いた紙片が置いてあるのに気づいた。彼女はそれを読むと、また恋人に心がなごんできた。

うるわしきエイミーよ　きみは
いにしえのニケの小舟《おぶね》か＊……

ジョイボイ氏は外出着に着替え化粧室の前を通りかかった。その顔にはもの思わしげに愁いを帯びた表情が鋳込《いこ》まれている。エイミーははにかんだような、哀願するような微笑みを浮かべた。彼はおもおもしく会釈すると通り過ぎた。そのとき彼女は衝動に駆られて、詩の上にこう書きつけた。「わかってください、エイミー」。そしてするりと遺体修復室に入るとジョイボイ氏が手がけるのを待っている遺体の上に恭《うやうや》しく置いた。

一時間ばかりしてジョイボイ氏が帰って来た。彼女は彼が部屋に入る足音を聞いた。

水道栓を回す音がした。しかし、二人は昼食のときまで顔を合わせなかった。

「あの詩」と彼は言った。「とてもきれいだね」

「フィアンセが作ったんです」

「きみが火曜日にいっしょだったイギリスの人？」

「ええ、イギリスでは有望な詩人です」

「へえ、わたしはイギリスの詩人に会ったことはないね。それだけで生活しているの？」

「牧師になる勉強をしていますわ」

「へえ。ねえ、エイミー、もしきみがその人の詩をもっと持っているのなら、読みたいのだけれど」

「あら、ジョイボイさん詩がお好きでしたの？」

＊「うるわしきエイミーよ…」　エドガー・アラン・ポーの抒情詩「ヘレンに」の書き出しの部分。ヘレンをエイミーに置き換えている。本書の末尾（二〇七頁）では、動詞を過去形に変えて再度引用される。

「悲しみと失意はひとを詩人にするんだろうね」

「たくさんあるわ。ここにしまってあるんです」

「ゆっくり読みたいな。わたしはゆうべナイフ・アンド・フォーク・クラブでパサデナから来た文学好きの人と知り合いになったんだよ。この詩をその人に見せてあげよう。ひょっとしてその人はきみのお友だちになにかの力になってあげられるかもしれない」

「まあ、ジョイボイさん、ほんとうにご親切にしていただいて」彼女は言葉をとぎらせた。彼女の婚約の日から二人は余り口を利いてはいなかった。この人物の高潔さがまた彼女の胸をいっぱいにした。「お母さま、お元気?」彼女ははにかんで言った。

「かあさんは調子がよくなくてね。悲しい出来事があったんですよ。サンボ——あのオウム覚えている?」

「ええ、もちろん」

「あれが死んでね。年寄りだったのです。もちろん百を超えていました。でも最期はあっけなかった。かあさん、ひどく悲しんでね」

「まあ、おきのどく」

「ええ、ほんとうに悲しんでいる。あんなにがっくりしたのは見たことがない。今朝、そのことで手続きをしに行って来ました。それで外出したのです。「幸せの園」に行かなくてはならなかったのでね。葬式は水曜です。わたしは心配なんですよ、サナトジェナスさん。かあさんはこの州にはあまり知り合いがいないもんだから。お葬式に知った人に来てもらえたら、かあさんきっと喜ぶだろうな。サンボはもっと若いときはつきあいのいい鳥でね。東部にいたときは誰よりもパーティが好きだったんで、葬式に誰も来ないのはなんだか可哀《かわい》そうな気がするんですよ」

「ねえ、ジョイボイさん、あたし、もちろん喜んで伺うわ」

「来てくれる、サナトジェナスさん？　そう、なんて親切なんだろう」

こうして、ついにエイミーは幸せの園にやって来たのである。

エイミー・サナトジェナスはロサンゼルスの言葉を話した。彼女の心備《そな》えつけのわずかな知的家具――侵入者の向こう脛《ずね》を痛めつける道具――は、地元の高校と大学で仕入れたものだ。彼女は広告の指図どおりの服装をし、指図どおりの香水をつけて世間に出た。頭と体は規格品とほとんど見分けがつかなかったが、魂は――ああ、魂は頭や体とは別物で、はるか遠いところに探し求めなくてはならない。ここアメリカの麝香《じゃこう》薫る美女の園《ヘスペリデス》ではなく、ギリシアの山の夜明けの大気に、鷲《わし》の飛び交う峠に探し求めなくてはならないのだ。カフェや果物屋、祖先伝来のいかがわしい商売（盗品売買やポン引き）の臍《へそ》の緒が、無意識のうちに、エイミーを自民族の高貴な祭壇に結びつけていた。成長するにつれ、彼女が知っている唯一の言葉が表現できることは、必要性に反比例してますます減少していった。彼女の記憶に纏《まと》わりついている諸々の事実はますます実体性を失い、彼女が鏡のなかに見る像は、ますます自分の姿とは認められなくなっていった。エイミーは高くそびえる神聖な棲処《すみか》にひきこもった。

こういうわけで、彼女が愛し、無上の愛の誓いによって結ばれた男が嘘つきであり、いかさま師であることが露見しても、それは彼女のほんの一部を傷つけたにすぎない。心は傷ついたかもしれないが、それは地方産の小さな安物の器官である。もっと広大な観点から見れば、ことは単純になったのだと彼女は思った。彼女は人に贈与できる貴重な利権を持っていて、それを要求するライバルたちの中から、公正に一人を選ぶのに慎重に構えてきた。しかし、もうこれ以上躊躇《ちゅうちょ》する必要はない。「ジャングル・ヴェノム」の官能的な誘惑の調べはかき消された。

とはいえ、彼女がバラモン導師に書いた最後の手紙は、彼女が習得した言葉で書いてあった。

スランプ氏はひげを剃っていなかった。スランプ氏はしらふとも言えなかった。「スランプはたるんどるぞ」編集長が言った、「しゃきっとさせるか、いっそ馘《くび》にしちまえ」。迫りくる運命も知らずにスランプ氏は言った、「ちきしょう、またサナトジェナスか。

なんて言ってるんだ？　けさは字が読めそうにもねえ」

「すっかり目が覚めたのよ、スランプさん。愛してると思ってた男は、嘘つきでペテン師だったの」

「じゃあ、もう一人の男と結婚するように言ってやれ」

「そのつもりらしいわ」

デニスとエイミーの婚約は新聞に公告されなかったので、おおやけに取り消す必要はなかった。ジョイボイ氏とエイミーの婚約は「葬儀ジャーナル」に一段半抜きで扱われ、「ひつぎ」には写真が載る一方、社内報の「森の囁き」はほとんど全紙面をこのロマンスに費やした。ユニヴァーシティ教会で挙げる結婚式の日取りが決まった。ジョイボイ氏はバプティストとして育ったので、バプティストの葬儀を担当する牧師がよろこんで司式の労を申し出た。衣裳係は花嫁のために白の安息室用ドレスを見つけてくれたし、ケンワージー博士はみずから列席する意向を漏らした。死化粧のためエイミーのところに回されてくる死体には、今では勝利の微笑みが浮かんでいた。

この間、デニスとエイミーは顔を合わせる機会がなかった。彼と最後に会ったのはオウムの葬式だったが、そのときは平然とした顔つきで（と彼女には思えた）豪奢な小さい棺の向こうから彼女にウィンクして見せた。しかし、内心彼はどぎまぎしていて、一両日は小さくなっていた方がいいと考えていた。その後で、婚約の公告を見たのだ。

エイミーにとって、他人との交渉を断つのは容易ではない。「バーローさんがお出になっても、私は留守ですからね」と言って、彼を家に入れないように指図できる境遇に暮らしてはいなかった。召使がいるわけではないし、電話が鳴れば自分でとった。彼女は食事をしなければならず、買い物もしなければならない。どちらの場合も、アメリカの社会生活でよくある、いかにも偶然といった感じの和やかな出会いにさらされていた。結婚式間近のある夕方、デニスは待ち伏せし、彼女の後をつけてナットバーガーの店に入り、彼女の隣のカウンター席に坐った。

「やあ、エイミー。話があるんだ」

「もう何を言っても無駄よ」

「きみは、僕たちが婚約したことを忘れているようだね。神学の勉強はうまくいっている。きみを迎える日も近いな」

「そんなことになるぐらいなら、死んだ方がましだわ」

「そうだ、正直に言うと、その可能性を見落としていた。ねえ、ナットバーガーを食べたのはこれが初めてなんだ。どんなものかと思ってたんだがね。食べてみて驚きなのは、まずいというより、何の味もしないことだね。まあそれはさておき、次のことははっきりさせておこうよ。きみは僕と結婚しますと厳粛に誓ったよね」

「女の子は気が変わってはいけないの?」

「いけないね。本当にそう思う。きみは厳粛な約束をしたわけだから」

「あなたの嘘に騙されてね。あたしのために自分で書いたふりして送ってきた詩、あたしとても上品だと思って、ところどころ暗唱までしたのに、あれ全部他の人が書いたものじゃないの。なかには、何百年も前に死んだ人のもあったわね。それがわかった時ほど悔しかったことないわ」

「そうか、それが今度のごたごたの原因なんだ」

「それに、あのひどい「幸せの園」のことよ。あたし行くわ。何も食べたくないの」

「ここを選んだのはきみだぜ。僕が食事に誘ったとき、ナットバーガーを頼んだことなんか一度もないだろ」

「誘うのは、たいがいあたしのほうだったでしょ」

「そんなことどうだっていい。そうやって喚きながら街を歩くのはやめなさい。向こう側に車を停めてあるから、家まで送って行くよ」

二人はネオンの灯った大通りのほうへ歩いて行った。「ねえ、エイミー」デニスが言う、「喧嘩《けんか》はやめにしよう」

「喧嘩ですって？　もうあなたのこと、何もかもいやよ」

「このまえ会ったとき、僕たち結婚の約束をしたよね。だから少し釈明をさせてもらう権利があると思うんだ。これまできみが並べ立てている不満は、僕がとびきり有名な英詩の作者じゃないってことだよね。ではお訊きしますが、ジョイボイのお父ちゃんはそうだというのかい？」

「自分で書いたと思わせるつもりだったでしょ？」

「いいかい、エイミー。きみは誤解してるよ。ごくありふれた文学の宝典も知らない女に愛情を浪費していたことを思えば、幻滅を味わってもいいのは僕のほうなんだぜ。しかし、きみの受けた教育水準が僕と違うことはわかっている。もちろん、心理学や中国語はきみのほうがよく知っているさ。だがね、僕の出身地の死に瀕した世界では、引用は国民的悪徳なの。以前は古典だったが、今は抒情詩なんだよ」

「これ以上何を言っても、あたし信じないわよ」

「じれったい人だな。何を信じないというの？」

「あなたという人を信じないの」

「ああ、それはまた別問題だ。人の言うことを信じることと、人を信じることとは大変な違いだよ」

「ねえ、理屈を言うのはやめて」

「わかった」デニスは道路の端に車を寄せ、彼女を抱きすくめようとした。彼女がすばやく抵抗したので、彼は思いとどまり葉巻きに火をつけた。エイミーは隅の方で泣いていたが、やがてこう言った。「あのひどいお葬式なによ」

「ジョイボイのオウムのこと？　うん、あれはちゃんと釈明できると思うよ。ジョイボイ氏は蓋《ふた》のない棺を希望したが、僕はそれはやめにした方がいいと言った。どうなるか、結果はわかっていたからね。この件は研究してあったんだ。蓋のない棺は、横になったとき体が自然に縮こまる犬や猫には問題ないが、オウムはそうはならないからね。オウムが、頭を枕に載せた恰好はこっけいだよ。でも、僕は上流気取りの壁にぶつかっていた。「囁きの森」でやっていることは、「幸せの園」でもやらなくてはいけなかったんだ。それよりかこの一件、誰かが仕組んだ罠だと思わないか？　聖人面《づら》したあの野郎、オウムをひどい恰好にして、僕に対するきみの評価を貶めようとしたんだ。それにちがいない。そもそも、葬式に来るように頼んだのは誰なんだ。亡くなったオウムとは知り合いだったの？」

「あたしとデートするとき、いつもこっそりあんな所へ行っていたのかと思うと……」

「いいかい、きみはアメリカ人として、卑賤から身を立てようとしている人間を軽蔑すべきじゃないよ。僕は葬儀界では、ジョイボイ氏ほど高い地位にはいないが、僕は彼より若いし、ずっとハンサムだし、歯だって入れ歯じゃない。無宗派教会の牧師としての将来もある。ジョイボイ氏がまだ死体洗いをやっているとき、囁きの森霊園付きの主任牧師になっているはずだ。僕には偉大な説教師の素質があるしね——形而上学的十七世紀風といった感じで、粗雑な感情よりは知性に訴えるような。どことなくロード大主教（一五七三—一六四五。カンタベリーの大主教）を思わせる——厳粛で、饒舌《じょうぜつ》で、理知的で、教義に関してまったく偏見がない。法衣に関していろいろ考えてみたんだ。袖はゆったりしたものにしようかと思っているんだが……」

「もうやめて。あなたの話、うんざりだわ」

「エイミー、きみの将来の夫、精神の指導者として言わせてもらうけど、今の言葉は愛する人にむかって話すものの言い方ではないね」

「愛してなんかいないわ」

「『愛する人よ　この世の海原《うなばら》涸れつきて』」

「何のことだかさっぱりわからないわ」

「『この世の巌《いわお》　陽《ひ》に溶けるまで』――この意味ははっきりしてるよね。『きみをいとおぉーしと』まさか、これがわからないってことはないだろ？　流行歌手の口調を真似るとそうなる。『常にもきみを愛しと思わん　いのちの砂の　流れゆく間《ま》は』――終りの言葉が少しわかりにくいことは認める。でも全体の意味は、人情を解さない人間にもはっきりわかるはずだよ。ブルース王の心臓のこと、忘れてしまったのかい」

すすり泣きがやみ、それに続く沈黙は、隅にいる女の美しいぼんやりした頭の中で、知的作用が行われていることをデニスに告げた。「あの詩を書いたのはブルースだったの？」ついに彼女が訊ねた。

「そうじゃないけど、二人の名前はよく似ているから、違ってもたいしたことはないよ」

ふたたび沈黙。「ブルースだか何だか知らないけど、その人、誓いはちゃんとまっとうしたの?」

デニスはオールド・ラング・サイン教会での儀式のことは、大して当てにしていたわけではない。気まぐれに持ち出してみたのだ。しかし、今はこの不意の好機にとびついた。「可哀《かわい》そうな美人ちゃん、よく聴いてね。きみはいま両刀論法《ジレンマ》の角《つの》に乗っかっているんだよ。それはジレンマに陥っていることの、ヨーロッパ的な言い方なんだけど」

「家まで送って」

「いいよ。道々説明してあげるから。きみは囁きの森が、天国の外にあるいちばん素晴らしいところだと思っている。きみの気持ちはわかる。僕は僕なり、イギリス流儀で乱暴だが、きみと同じ情熱を持っているから。それを主題にして作品を書こうと思っているけど、ダウソン(十九世紀末イギリスの耽美的抒情派詩人)が言ったように「読んでくれればわかる」というわけにはいかないだろう。きみには一語だってわからないよ。これは余談だがね。きみの憧れのジョイボイ氏は囁きの森の化身、ケンワージー博士と俗人の間を取り持つ、唯一の仲保者《ちゅうほしゃ》ロゴスというわけだ。まあ、僕たち二人とも囁きの森にとり憑かれている——いつか言ったように「安らけき死に半ば恋して」いるのさ。話がこれ以上こんがらかるといけないので言わせてもらうが、この詩も僕が書いたわけじゃないよ。きみはこの霊園の舞姫であり、巫女でもある。それで自然僕はきみに魅かれ、きみはジョイボイに魅かれるというわけだ。こんなことは毎日起こっていると心理学者は言うだろう。夢想博士《ドリーマー》の水準で見れば、僕の性格には欠陥があるかもしれない。オウムは棺の中で見られたざまではなかった。だからどうだというんだ。きみは僕を愛した。そして、囁きの森の宗教でいちばん神聖な誓いを立て、僕を永遠に愛すると誓った。それできみは、ジレンマ――窮地というか行き詰まりというか――に陥ってるわけだ。神聖さは分割できない。バーンズだかブルースだかの心臓ごしに僕とキスをするのが神聖でないなら、ジョイボイのおやじと寝るのも神聖ではないよ」

沈黙は続いている。デニスは予想以上に感銘を与えていた。

「着いたよ」エイミーのアパートの前で車を停めると、ついに口を開いた。今は優しく言い寄ったりする時ではない。「さあ、出て」

エイミーは何も言わず、しばらく動かなかった。やがて囁くような声で言った。「あたしのこと、もう忘れてくださってもいいでしょ」

「ああ、でも諦めないよ」

「あたしがあなたのことなんか忘れているのがわかっていても?」

「でも、きみは忘れてないよ」

「忘れたわ。あなたが向こうを向いたら、どんな顔だか思い出すことさえできないわ。そこにいなければ、あなたのことなんか考えもしないわ」

彼女がアパートと呼んでいるコンクリート製の独居房で一人きりになると、エイミーは疑惑の悪魔の餌食になった。ラジオのスイッチをひねる。猛烈なゲルマン的情念の嵐が彼女をわしづかみにし、狂乱の崖っぷちへ追いやり、それから突然やんだ。「この演奏は「カイザー種なし桃」社の提供によりお送りしています。現在発売されている桃で、完全な種なし桃はカイザー社以外にはありません。「カイザー種なし桃」をお買い求めになれば、果肉百パーセント、水分たっぷりの新鮮な桃を味わっていただけます……」

彼女は電話の方に向き直ると、ジョイボイ氏の番号をダイヤルした。

「お願い、お願いだから来て。とても困っているの」

受話器からはがやがやいう音、人間や人間でない声が聞こえてきた。その中で静かな小さな声が言っている、「ハニーベイビー、大きな声で話して。聴きとれないよ」

「すごくつらいの」

「ハニーベイビー、よく聞こえないよ。かあさんが新しい鳥を買ってね。今しゃべり方を教えてるんだ。何の話だか知らないけど、今日はこのままにして、あした話をすることにしようよ」

「ねえ、お願い。すぐここに来てくださらない？」

「ハニーベイビー、かあさんの新しい鳥が来たその晩に、かあさんを一人きりにするわけにはいかないだろ。どんな気がすると思う？　かあさんにとっちゃ、特別な夜なんだ。かあさんとここにいなくちゃいけないんだよ」

「あたしたちの結婚のことなのよ」

「ハニーベイビー、わかってるよ。たぶんそうじゃないかと思った。いろんなこまごました問題が起こるもんだよ。それも朝になってみれば、たいしたことじゃなくなる。ぐっすりおやすみ」

「どうしてもお会いしたいの」

「ハニーベイビー、もう甘くしませんよ。すぐパパの言うとおりにしなさい。でないとパパ、本当に怒っちゃうからね」

　彼女は電話を切り、ふたたびグランドオペラに助けを求めた。彼女は激しい音の洪水に押し流され、呆然となった。あまりにも強烈だった。それに続く静寂のなかで、彼女の脳髄は少し生き返った。ふたたび電話。あの新聞社へ。

「バラモン導師さんをお願いします」

「あいにくですが、夜は仕事してないんですよ」

「とても大事な話なんです。ご自宅の電話番号、教えていただけないでしょうか」

「二人いるんだけど、どっちにかけたいんですか」

「二人ですって。知らなかったわ。手紙に回答して下さるかたをお願いします」

「それならスランプさんですね。でも彼はあしたから、出社しませんよ。それにこんな時間じゃ、まだ家には戻ってないでしょうね。ムーニーっていうバーにかけてみたら。編集部の人たちが夜よく行くとこだから」

「そのかたの本名、スランプとおっしゃるの？」

「そう聞いてますけど」

　スランプ氏はその日、新聞社を解雇されていた。当のスランプ氏を除き、社の者は誰もとっくにそのことを予期していた。スランプ氏は自分が裏切られた一件をあちこちの飲み屋で愚痴ったが、同情する者はいなかった。

バーテンダーが言った、「スランプさんに電話です。いますか？」

スランプ氏の現在の心境では、これは編集長が後悔してかけてきた電話のように思われた。彼はカウンターの向こうから受話器を取った。

「スランプさん？」

「そうだけど」

「とうとう探し当てましたわ。あたし、エイミー・サナトジェナス……憶《おぼ》えてらっしゃいますか」

忘れられない名前だった。「ああ」やっとスランプ氏が言った。

「スランプさん、たいへん困っているんです。ご忠告いただきたいのです。あたしが話したイギリス人のこと、憶えていらっしゃいますわね……」

スランプ氏は隣の席の男の耳に受話器をあてがい、にやりと笑い、肩をすくめ、それをカウンターの上に置き、煙草に火をつけ、酒を飲み干し、追加を注文した。汚れたカウンターからは、か細い不安な声が聞こえていた。エイミーが窮状を説明し終わるのに少し時間がかかった。そのあと規則的な音の流れが中断し、小さなとぎれとぎれの囁き声に変わった。スランプ氏は再び受話器を耳にあてた。「もしもし……スランプさん……聴いてらっしゃるの？……聞こえますか？……もしもし」

「それで、おねえちゃん、用件ってなんなの？」

「あたしの言うこと聞こえましたか？」

「ああ、ちゃんと聞こえたよ」

「それで、あたしどうしたらいいんでしょう？」

「どうしたら、だって。どうしたらいいか、教えてあげるよ。エレベーターでいちばん上の階まで行って、窓を見つけて飛び降りるんだ。それならあんたにもできるだろ」しゃくりあげるような小さなすすり泣きが続き、そのあと静かに「ありがとう」という声が聞こえた。

「ハイジャンプをやってみろと言ってやった」

「聞いたよ」

「いいこと言うだろ？」

「兄さん、あんたは誰より物知りさ」

「ちぇっ、あんな名前をもらってたからか？」

エイミーのバスルームの戸棚には、女性の幸福の必需品である化粧道具や香水と一緒に、女性の安眠の必需品であるバルビツル催眠剤の褐色の容器が置かれていた。エイミーは適量を服用し、横になって眠りが来るのを待った。それはついに、唐突に、おざなりに、挨拶も愛撫もなしにやって来た。大地に抑えつけられた心に触れ、それを動かし、持ち上げ、解き放ち、漂わせる、甘美な眠りの流入はなかった。午後九時四十分、こめかみの周辺にずきずきするような収縮と緊張を感じて目が覚めたが、意識は朦朧《もうろう》としていた。涙が浮かび、あくびが出た。突然午前五時二十五分になっていて、また目が覚めた。

まだ夜だった。空に星はないが、その下で、人通りの絶えた街は明るく輝いている。エイミーは起きて服を着ると、アーク灯の下を歩いていった。アパートから囁きの森までの短い距離を歩いていく間、誰にも会わなかった。「黄金の門」は真夜中から朝まで鍵がかかっていたが、脇の通用口は夜勤の職員が通れるようにいつも開いている。エイミーは中に入ると、オールド・ラング・サイン教会のテラスにつづく、歩き慣れた道を登っていった。テラスに着くと腰を下ろし、夜明けを待った。

彼女の心にはもう何の不安もなかった。なんとなく、いつとはなしに、闇に包まれた虚空の時間の中で、彼女は助言を得ていた。彼女の祖先たち――古い神々の祭壇を見捨てて船出し、野蛮人の言葉が飛び交うなか、下賤な街々を復讐女神に追われながら放浪をつづけた、不敬にして魅入られた族《うから》――彼らの霊と交信したのかもしれない。彼女の父はフォー・スクエア・ゴスペル教会に入り浸り、母は酒におぼれた。アッティカ人《びと》の声がエイミーをもっと高貴な運命へ駆り立てた。遠い昔、はるか離れたかの地で、迷宮の行き止まりで足を踏み鳴らしているミノタウロスのことを歌った声、その声がエイミーに優しく語りかける。ボイオティアの港の岸壁のこと――武装した男たちは風絶えた朝まだきにみな黙《もだ》し、艦隊は錨を下ろしたまま動かず、アガメムノンは目をそむける様を。声はまたアルケスティスのことを、誇り高いアンティゴネーのことを語った。

東の空が明るくなった。地球の一日の回転の中で、この最初の新鮮な時間だけが人間の汚れを免れている。この地方では、人々は遅くまで寝ている。エイミーは無数の彫像がほのめき、白くなり、輪郭を露わにするのを恍惚として見ていたが、芝生は銀灰色から緑に変わった。彼女の心は感激に震えていた。それから突然、あたり一帯、目の届くかぎり、丘の斜面は光と無数の小さな虹と点々と灯った炎の、揺らめく表面と化した。

施設管理室で勤番の男が注水コックをひねると、一面に敷きつめられた穿孔パイプ網から水が溢れ出た。時を同じくして、手押し車に道具を載せた庭師の群れが現われ、それぞれの仕事に歩いていった。もうすっかり明るくなっていた。

エイミーは砂利《じゃり》の車道を、葬儀社の入口に向かって足早に下りていった。応接室では、宿直明けの職員たちがコーヒーを飲んでいる。彼女がそこを黙って通り抜けたとき、彼らはちらっと振り向いたが気にも留めなかった。急ぎの仕事は四六時中なされていたからである。彼女は最上階までエレベーターに乗っていった。そこは静まり返っていて、経帷子《きょうかたびら》を着せた死者のほかは何もなかった。彼女は自分のほしいものが何であり、どこに行けば見つけられるかを知っていた——広口の青い瓶と皮下注射器。遺書や詫び状は認《したた》めなかった。社会の慣習や人間の義務とは縁遠い存在になっていたのだ。二人の恋仇、デニスとジョイボイ氏のことはすっかり忘れられていた。ことは彼女と彼女が仕える神の間の問題であった。

彼女が注射のためにジョイボイ氏の仕事部屋を選んだのは、まったくの偶然だった。

シュルツ氏がデニスのあとがまにすえる青年を連れて来たので、デニスは「幸せの園」での最後の一週間を費やして、この青年にコツを教え込んだ。この青年は頭の回転が早く、物の値段に興味をもっていた。

「きみほどの人物じゃない」とシュルツ氏が言った。「きみほど人間味はなさそうだ。だが彼は彼なりにけっこうやって行く、とわしは思うね」

エイミーの死んだ朝、デニスはこの後任者に火葬かまどの発火装置を掃除させて、予約購読している説教の通信講座の復習に余念がなかった。そこへ、部屋のドアが開くと、一回きりの知り合いで、恋仇のジョイボイ氏が現われたので彼はびっくりした。

「おや、ジョイボイさん」と彼は言った。「まさかこんなにすぐまたオウムじゃないでしょうね」

ジョイボイ氏は腰をかけた。顔が蒼白だった。デニス一人なのを見定めると、おいおい泣きはじめた。「エイミーなんだ」と彼は言った。

デニスはせいぜい皮肉をきかせて答えた。「まさか彼女の葬式の手続きで来られたわけじゃないんでしょう?」ところがこれに対して、ジョイボイ氏は突然かっとなって大声を上げた。「きみは知ってたんだな。わかっているんだ、きみが殺したんだ。きみが僕のハニーベイビーを殺したんだ」

「ジョイボイ君、言葉が過ぎると思うな」

「あの子は死んだんだ」

「僕のフィアンセがかい?」

「僕のフィアンセがだよ」

「ジョイボイ君、今はわめき合っているときじゃないよ。なぜあの娘《こ》が死んだなんて思っているのかね。僕がゆうべいっしょに夕食をしたときにはぴんぴんしてたんだぜ」

「あの人は僕の仕事場の白布の下で眠っている」

「それじゃ確かに、ここの新聞が「事実に基づいて」というやつだ。まちがいなくあの娘なんだね?」

「もちろん、確かだ。毒にやられている」

「ふうん、ナットバーガーかな？」

「青酸カリだ。自殺なんだよ」

「ちょっと待ってくれたまえ、ジョイボイ君」と、彼は言葉をとぎらせて、「僕はあの娘を愛しているからね」

「あの人を愛しているのは僕だ」

「静かにしたまえ」

「あの人は僕のハニーベイビーだ」

「頼むからまじめに問題を論じているときに、そんな個人的で特殊ないちゃつくような言葉で邪魔しないでほしいな。で、あんたはどうしたんだい？」

「よく調べてみて、白布を掛けておいたんだ。あそこには未完成の遺体を入れる深い冷蔵庫がある。そこへ入れてある」。彼は嵐のように咆哮《ほうこう》しはじめた。

「僕に何をしてもらいたくてやって来たんです？」

ジョイボイ氏は鼻を鳴らした。

「聞こえない」

「助けてほしいんだ」ジョイボイ氏は言った。「きみのせいだ。なんとかしてくれてもいいはずだ」

「他人を責めているときじゃないだろう、ジョイボイ君。ただこれだけは言っておく。公にはあんたが彼女の婚約者ということになっているんだよ。場合によっては、ある種の感情も自然なものさ。だけど、行きすぎちゃ困るな。もちろんあの娘が全く正気だなんて、考えたことはないがね。そうだろ?」

「あの人は僕の――」

「おっと、それは言いっこなし、ジョイボイ君。それを言ったら、出て行ってもらうよ」

ジョイボイ氏はますますわれを忘れて泣きくずれだした。見習いの青年がドアを開けて、一瞬この光景にあっけにとられて立ちすくんだ。

「入りたまえ」とデニスが言った。「今、かわいいペットを亡くされたお客さんが見えている。きみもこの新しい仕事では、悲しみにくれている情景には慣れておいてもらわなくてはならない。ところでなんの用だい?」

「ガス炉が勢いよく燃え出したもんですから」

「そりゃあけっこう。じゃあ運搬車をみがいておいてくれ。ところでジョイボイ君」

二人きりになると彼はまた続けた。「頼むから気を静めて、あんたが思っていることを率直に話してほしいんだ。今僕がかろうじて聞き取れることはママだの、パパだの、ベイビーだのと内輪のお念仏のような言葉きりなんだからね」

ジョイボイ氏は別の音を発した。

「『ケンワージー博士』と言ったように聞こえたね。そう言おうとしているのかい？」

ジョイボイ氏はごくりとつばをのみ込んだ。

「ケンワージー博士は知っている？」

ジョイボイ氏はうめき声をあげた。

「彼は知らない？」

ジョイボイ氏はごくりとつばをのみ込んだ。

「知らせてやってほしい、というわけ？」

うめき。

「彼に知られないために手を貸してほしい？」

ごくり。

「じゃ、まさに形勢逆転だ」

「身の破滅だ」ジョイボイ氏が言った。「かあさん」

「あんたは、ケンワージー博士にわれわれのフィアンセの服毒死体がアイスボックスに入っているのを知られると、経歴に傷がつくと考えているんだね。おふくろさんのためにも知られないようにしたい？　だから死体の始末をする手助けを僕にしてもらいたい？」

ごくり、それからとめどもない言葉の奔流。「きみは助けてくれなくちゃならない……きみのせいでこうなったんだから……うぶなアメリカ娘を……いんちきな詩で……愛して……かあさん……僕のベイビー……助けてくれなくちゃ……なくちゃ……ちゃ……」

「ジョイボイ君、その「なくちゃ」の連発は気にくわないね。あんたは知らないのかね、エリザベス女王が大主教――脱線になるが、本質的には無宗派的な性格をもっている――にこう言ったことを。「そこの小物《こもの》、「ねばならぬ」とは王侯に向かって使う言葉ではありませぬ」。ねえ、あんた以外にそのアイスボックスに近づける人はいるのかい？」うめき。「そう、じゃ、お帰んなさい、ジョイボイ君。仕事にお帰んなさい。僕はあとでじっくりこの問題を検討するから。昼食のあと、またいらっしゃい」

ジョイボイ氏は出ていった。デニスには車が動きはじめる音が聞こえた。それから彼は一人でペットの共同墓地へ出て行ったが、ジョイボイ氏の気持ちとは全くかけ離れた彼独自の気持ちを抱いていた。

こうして思いにふけっていると、かつてのおなじみの訪問者に邪魔された。

ひんやりとした日で、サー・アンブローズ・アバクロンビはツイードを着、ケープを羽織って、鹿狩り帽をかぶっている。以前この服装でイギリスの田園生活のカリカチュアをよく演じてみせたものだった。手には把手《とって》の曲がった羊飼いのステッキを持っていた。

「ああ、バーロー君」彼は言った。「まだ忙しいかね」

「いえ、かなりくつろいだ朝のひとときですがね。まさかご不幸があってここに見えたわけじゃないでしょう?」

「いや、そんなことじゃないよ。ここでは動物は飼わんことにしている。そりゃ連中がいればいいなと思うこともあるさ、確かに。犬や馬に取り巻かれて育ったんだからね。たぶんきみもそうだろうから、誤解はしないと思うが、ここは動物には向いた土地柄じゃないね。もちろん、すばらしい所だとは思うよ。しかし、ほんとうに犬を愛する人間はここには連れて来ない」彼は言葉を切ると、もの珍しそうにあたりを見回して、つつましやかな記念碑にじっとながめ入った。「なかなか感じのいい所だね。行ってしまうのは残念だ」

「僕の案内状、届きましたか?」

「うん、ここに持ってきている。最初、誰かがばかげたいたずらをしたのかと思ったんだ。本気なのかね?」

格子縞のインヴァネスの下から、印刷した案内状を取り出し、デニスに渡した。それにはこう書いてある。

元飛行中隊長デニス・バーロー師はロサンゼルス市アーバックル通り一一五四番地で、近く営業を開始いたしますにつき、ご案内申し上げます。

無宗派の式万端、迅速かつ破格の値段にて執《と》り行います。葬儀は特に練達。弔辞は散文、韻文いずれにても承ります。告解はいっさい秘密厳守。

「ええ、まったく本気です」とデニスは言った。

「ああ、そうじゃないかと思っていた」

また言葉がとぎれた。デニスは言った。「ご覧のように案内状は代理店から発送させたんです。あなたが特に興味をお持ちだとは思いませんでした」

「いやいや、わたしは特に興味をもっている。どこかゆっくり話し合える所はないかね？」

まさかサー・アンブローズが最初の告解のお客さんでもあるまい、とデニスは彼を部屋の中に招じ入れた。二人のイギリス人は事務室に腰を下ろしていた。見習いが顔を出して、運搬車は万事うまくいきましたと報告した。とうとうサー・アンブローズが口を切った。「いかんよ、バーロー。老人の特権でずけずけ言うことを許してもらわねばならないのだが、いかんよ。やせてもかれてもきみはイギリス人だろう。ここの連中はみんなすぐれた人たちだが、どんなぐあいにすぐれているかは、きみも知ってるだろう。いちばんすぐれた者の中にも少しはくずも混じっているよ。きみは国同士の関係がどんなものか、わたし同様わかっていると思う。いつでも旧大陸に一泡《ひとあわ》ふかせてやろうとチャンスをねらっている政治屋やブン屋がいるものさ。こんなことをしたらそういう手合いをつけ上がらせるようなものじゃないか。きみがここで仕事を始めたときもわたしは気に入らなかったのだよ。歯に衣着せず、そう言ったはずだ。だがこれは多かれ少なかれ個人の責任だ。でも宗教となるとまったく別問題だね。きみはイギリスののどかな田舎教区教会ぐらいを考えているんだろうがね。ここでは宗教はそんなものではない。わたしの言葉だから聞いてくれ。わたしはここには詳しいんだから」

「サー・アンブローズ、あなたからそんなことを聞くとは妙ですね。僕のおもな目的は僕の社会的地位を上げることだったのですから」

「いいかげんにしたまえ。ええ、きみ、取り返しがつかなくなるよ」サー・アンブローズはとうとうイギリスにおける産業の危機、若者とドルの窮乏、現状を維持しつづけるための映画産業の苦心などについてまくしたてた。「国へ帰りたまえ、バーロー。あそここそ、きみのほんとうの居場所だよ」

「ほんとうのこと言いますと」とデニスが言った。「あの広告を出してから事情が少々変わって来ましてね。僕が聞いた天のお召しの声はだんだんかすかになってしまったんですよ」

「そりゃ大いにけっこう」とサー・アンブローズが言った。

「ですが、実際上のめんどうなことがありましてね、貯え全部を神学の勉強に投資しちゃったんですよ」

「そんなこともあるだろうと思っていたんだ。そんなときこそ、クリケット・クラブの出場《でば》なのさ。われわれは同国人が困っているのを見て、力添えしなくなるようなことは決してあるまいと思うよ。ゆうべも委員会を開いてね、そこできみの名が出たんだ。満場一致だった。結論を言うとね、きみを送りかえそうということになったんだ」

「一等《ファーストクラス》でしょうね」

「二等《ツーリスト》さ。えらく乗りごこちがいいそうだよ。どうかね？」

「列車では特等客室ですか？」

「いや、特等客室じゃない」

「そうですね」とデニスは言った。「聖職者として困苦欠乏に耐えなければならないでしょうからね」

「一人前の口を利くじゃないか」サー・アンブローズが言った。「ここに小切手を持って来ている。ゆうべサインしておいたよ」

何時間かのちに葬儀師ジョイボイ氏がふたたび現われた。

「もう気持ちは落ち着いたかね。坐ってよく聞いてくれたまえ。あんたには問題が二つある。ジョイボイ君、それはあんたの問題だということをはっきりさせておきたい。あんたはあんたのフィアンセの死体をもっている。そしてあんたの経歴が危機におびやかされている。だから二つの問題があるわけ――死体の始末をすること、失踪《しっそう》の言いわけをすることの二つだ。あんたは僕の所に助けを求めに来た。偶然だけど、二つとも僕が、いや僕だけが、手を貸してあげることができるんだなあ。

僕にはこのすてきな火葬場が自由になりますからね。僕らは幸せの園、いや極楽の園の極楽トンボさ。何も格式ばったとこなんかないよ。ここに棺を持って来て、「シュルツさん、焼却してもらいたい羊がいます」と言うと彼は「よし来た」と言う。前にあんたたちは僕たちのいいかげんさを見下《みくだ》していたようだったね。今はきっと違う気持ちになっているだろう。今僕たちがしなければならないのは僕たちの「愛するもの」――こんな呼び方をしていいならの話だが――を収容して、ここに持って来ることだ。今夜仕事が終わったあとが潮時だ。

第二に、失踪のつじつまを合わせなくちゃ。サナトジェナス嬢は知り合いが少ないし、親戚は一人もいない。それが結婚の前夜に姿を消した。彼女がかつて僕の厚意を受け入れていたということはあまねく知れ渡っている。彼女の生来のよき趣味が土壇場で功を奏して、前の恋人と手に手をとっての逃避行、という筋立てほどもっともらしいものはないだろう。必要なのは、同時に僕が姿を消すこと。南カリフォルニアの人間は、あんたも知ってのとおり、山の向こう側で何が起ころうと詮索しないときている。彼女と僕はたぶんちょっとのあいだ不道徳だというおとがめを受ける。あんたはたぶん少々うれしくない哀れみを受ける。それで万事めでたしさ。

僕はしばらくロサンゼルスの詩的ならざる空気の中で息が詰まりそうだった。僕にはやりたい仕事があるし、それにはここはとんと不向きだ。ただ僕たちの友だちエイミーが僕をここにつなぎ止めていた――彼女と、それに貧乏とが。そうそう貧乏といえば、ジョイボイ君、あんたにはかなりの預金があるだろう」

「保険が少しある」

「それを担保にすればどれだけ借りられる？　五千ドルか？」

「とんでもない、そんな額はとても」

「二千？」

「いや」

「じゃ、どのくらいだ」

「たぶん、千ドルぐらい」

「じゃ引き出してくれ、ジョイボイ君。僕たちは全部必要になる。そしてそのときこの小切手を現金化してくれ。合わせればじゅうぶんだ。あんたには感傷的に思えるかもしれないが、僕はアメリカを離れるときにも、やって来たときと同じ体裁でやりたいからね。囁きの森が気前のよさの点でメガロポリタン撮影所にひけをとるようなことがあってはならないだろう。銀行から旅行代理店に回って、イギリス行きの切符を買って来てくれたまえ――ニューヨークまでは特等客室の列車、そこから先は浴室つきのキュナード汽船の専用室だ。急な出費に備えて現金もふんだんにほしい。だから残りの総額を切符といっしょに持って来てくれたまえ。わかったね？　よし、夕食後、運搬車であんたの葬儀会社に行こう」

　ジョイボイ氏は葬儀会社の脇玄関でデニスの来るのを待っていた。囁きの森は遺骸をスムーズに運ぶのに理想的な設備があった。軽い音のしない手押し車にデニスのいちばん大きな運搬箱を載せた——最初はからで、帰りは中身のつまった。彼らは幸せの園へ車を飛ばした。ここでは囁きの森に比べれば万事が間に合わせだった。しかし二人はたいして苦労もなく、この荷物を火葬場へ運び、かまどの中に押し込んだ。デニスはガスにスイッチを入れ、火をつけた。炎が煉瓦造りの四隅から、めらめらと燃えはじめる。彼は鉄の扉を閉めた。

「一時間半はかかるだろうな」デニスが言う、「きみはここで待っているかい?」

「こんなふうにあの人が燃え去ってしまうなんてがまんができない。——あの人は物事をきちんとやりたいたちだったのに」

「僕はむしろ儀式を勤めようと考えていたんだ。僕の最初で最後の無宗派のお勤めさ」

「僕はがまんできない」ジョイボイ氏は言った。

「よろしい。じゃ、その代わりこのときのために僕が作った詩を朗読しよう。

　うるわしきエイミーよ　きみは
いにしえのニケの小舟《おぶね》か——」

「おい、やめろ、それは盗作じゃないか」

「ジョイボイ君、場所がらをわきまえなさい。

優しくも　薫《かお》りの海を
疲れたる旅びとのせて
ふるさとの岸に澪《みお》入りぬ

まったくこの場合にふさわしいじゃないか」

だがジョイボイ氏は出て行ってしまった。

炎は煉瓦のかまどの中でごうごうと唸り声を立てている。デニスは全部が燃え尽きるまで待たなければならない。彼はまだ真っ赤に燃えている灰を掻き出し、頭蓋骨《ずがいこつ》や、たぶん骨盤を打ち砕き、破片を分散させなければならない。彼は部屋に帰り、そのための帳簿に記録した。

あしたをふりだしに、毎年命日が来るたびに、幸せの園が存在しつづけるかぎり、思い出のカードがジョイボイ氏のもとに届くことだろう——あなたのかわいいエイミーは今夜天国であなたを思い出しながら、小《ち》っちゃな尻尾を振っています。

いにしえのニケの小舟か――（彼はくり返した）
優しくも　薫りの海を
疲れたる旅びとのせて
ふるさとの岸に澪入りぬ

ロサンゼルスの最後の夜、デニスは、自分はなんと幸運の女神のお気に入りなのだろうと思った。僕よりももっとましな人間がここで難破して身を滅ぼしていった。この浜にはそういう連中の骨がいっぱい散り敷いている。僕はなにひとつ失わなかったばかりでなく、豊かになってここを離れて行くのだ。僕はがらくたの一片を難破物に付け加えていこう。僕を長いあいだ悩ませつづけたもの、僕の若い心を。その代わり僕は芸術家の重荷、経験という大きな形のないかたまりを持って帰ろう。それを古くさく、安らぎのないふるさとの岸に持ち帰り、ひたすら、長く時間をかけてきざみ上げよう。長く――どのくらい長くかかるかは神のみぞ知る。その天啓のような瞬間のためには一生などあまりに短すぎるだろう。

彼はミス・ポスキが机の上に置いて行った小説を取り上げると、腰をすえて読みはじめた。彼の愛したものが燃え尽きるのを待つために。

解説

本書『愛されたもの』は、イギリスの月刊文芸誌「ホライズン」一九四八年二月号に全誌面を費やして掲載され、一部修正のうえ同年に単行本として刊行された。イーヴリン・ウォー(一九〇三―六六)の九作目の小説である。「ホライズン」編集長シリル・コノリーによれば、この小説は「ひと悶着起こしそう」な作品なので、「神経のタフな」同誌の読者に読んでほしいというウォーからの依頼で掲載された(掲載号「まえがき」)。同じ「まえがき」には、この作品に対する著者自身の註解も記されている――(一)まず何よりも、南カリフォルニアの霊園墓地を見たときの異常な興奮。(二)英米相互理解の袋小路――「東は東、西は西」。(三)「アメリカ人」というものは存在しない。あそこに住む者は一人残らず、根こぎにされ移植され、はては不毛の運命が待ちうける放浪者である。彼らの見捨てた祖先たちの神々が、最後には彼らに復讐する。(四)戦利品を求めて西に来て、運が良ければそれを携えて故国に帰っていくヨーロッパの侵略者たち。(五)死を忘れる《メメント・モリ》ことなかれ。

他の項目が多少とも作品の内容を示唆しているのに対し、(一)は作者をしてこの小説を書かせた動機が何であったかを教える。「異常な興奮」は広大で奇抜な霊園を目にしたことによるが、葬儀ビジネスの実態にふれたことにも起因しているだろう。(本書刊行の前年、『回想のブライズヘッド』映画化の交渉でハリウッドを訪ねたさい、ウォーはロサンゼルス近郊の「フォレスト・ローン」霊園を何度か見学し、主任葬儀師に会って話をきいている。)この霊園をモデルにした作中の「囁きの森」は葬儀社を兼ねた複合企業体で、そこでは墓地の分譲や葬式だけでなく、遺体の修復や保全(エンバーミング)も行われている。納棺に際し遺体を浄めることは、どの国どの民族にも見られる自然な行為であろう。それが「囁きの森」霊園では、遺体の修復や死顔の化粧が精巧な技術を駆使して行われ、いかに生前の姿に近づけるか、いかに死を見えなくするかに精力が傾けられる。

遺体の修復は、自殺したサー・フランシスの場合、本来の目的を裏切って皮肉な結果になっている。修復後の遺体と初めて対面したとき、主人公デニスは「身の毛もよだつ」ような恐ろしさを覚える——「遺体はいわば、動きと知性の生皮をはがされて、等身大よりも小さく見えた。そして見えない目をじっとデニスに注いでいる顔——その顔はまったく身の毛もよだつばかりだった」。これに対して、デニスが弔辞用の詩に書いた自殺直後のサー・フランシスの形相――「垂木《たるき》にその身縊《くび》らせて／血ばみし眼《まなこ》突き出《い》だし　舌黝《くろ》ぐろとたれ下が」った顔は、韻文の修辞表現にもかかわらず、死の恐怖をストレートに伝える。同じ遺体が修復師や化粧師の手にかかると、顔は「亀みたいに不老で、非人間的で、彩られたにやにや笑いを浮かべる淫《みだ》らな戯画」に変わってしまう。「淫らな戯画」は修復の稚拙さから生まれたものではないだろう。そこには修復の巧拙とは次元の違う、死に対するウォーの思想が介在している。戯画は霊園の死の美学に対するウォーの驚き、いや嫌悪の反映なのだ。そう捉えないかぎり、囁きの森に対するあからさまな風刺は理解できない。

　ウォーが自らの死生観を述べたことがあるかどうかをわたしは知らないが、それを知る一つのヒントがウォーの第二作『卑しい肉体』(*Vile Bodies*, 1930)の一節(八章)にある。ロンドン社交界のパーティで、イエズス会の神父が若者たち(この小説でブライト・ヤング・ピープルと呼ばれている、第一次大戦後の「荒地」世代の若者たち)の享楽的な刹那主義を同じ旧世代の友人に好意的に解説している。何ごとも「くだらん《ボーガス》」と決めつけて時間の中を忙《せわ》しなく流れていくしかない彼らも、心の奥底では「ほとんど宿命的な永続性への渇望にとり憑かれている」と神父は言う。永続(＝永遠)は神の属性。歴史(＝時間)に囚われている彼ら「卑しい肉体たち」(T・S・エリオットは「うつろな人々」と呼んだ)は、精いっぱい今を生きるのが与えられた務めなのだ。人間の死後の「永続」は魂にのみ許されること。魂と切り離された肉体への過剰な執着、まして永久保存など、グロテスクで虚しいこころみと言うほかない。神父の意見はウォーの死に対する見方を代弁しているだろう。ちなみに、同じように第一作『大転落』(*Decline and Fall*, 1928)でも、作者が登場人物に仮託して自らの人生観を述べているのではないかと思われる場面がある。最終章、建築家ジレヌスが人生を遊園地の大回転車に喩えるとき、われわれは一瞬、作者ウォーが顔を出してこの小説の意味を自ら解説しているような錯覚にとらわれる。大回転車は西洋古来の「運命の車輪」の比喩。主人公のペニフェザー(「一厘の羽毛」)をはじめ登場人物たちは誰も、運命に操られてわけもなく時間の中を漂い流れているかに見える。『愛されたもの』の主要な題材がアメリカの葬儀産業と死の思想であるとすれば、中心的なストーリーは霊園を舞台にしたデニス、エイミー、ジョイボイの戯画化された三角関係の恋愛である。(ハリウッドの映画会社を舞台にしたサー・フランシスの悲劇が、副次的なもう一つのストーリーだ。)そしてデニス対アメリカ(エイミー+ジョイボイ)の関係は、かたちを変えた「ヘンリー・ジェイムズ問題」(一五五頁)と見ることができる。

ヘンリー・ジェイムズ問題とは、ヨーロッパの経験とアメリカの無垢の対立、そこから生まれるすれ違いや衝突を指す。よく知られているように、ヘンリー・ジェイムズ初期の作品には、このような「国際関係」をテーマにしたものが多い。エイミーを初めて見たとき、デニスには彼女が「喧騒《けんそう》で衛生的なエデンのたった一人のイヴ」と映った。アメリカの娘たちが誰も活発で健康的であるのに対し、エイミーにはそうした規格品にない「退廃の美」があった。

そうした美こそ、デニスが女性に期待する魅力なのだ。彼がエイミーに求めているのは、古典的で清純でありながら、肉感的で情欲をかきたてる顔立ちである。エイミーが求める人間的なまじわりなど、彼の念頭にはないように見える。二人が霊園の「恋人たちの椅子」に坐ってブルース王の心臓ごしにくちづけを交わしたとき、この儀式の目的はエイミーにとっては永遠の「愛の誓い」だったかもしれないが、デニスにとってはたぶん「この唇でどのくらい肉感的なまじわりができるか」を試してみる程度のことだった。デニスがエイミーに見出したのはアメリカという「エデンのたった一人のイヴ」で（だからめったなことでは見つからないが）、情欲の対象であることに変わりはないのだ。デニスがエイミーに贈った詩（一五二―一五三頁）のなかの一節――「〔その眼は〕わが心の埋火《うずみび》を掻きたて／欲情をくすぶらす」――は彼の正直な気持ちを表しているが、それを愛の告白と勘違いしてエイミーがうれし涙を流すのは何とも皮肉なことだ。すれっからしのインテリを気取るデニスに、純情なエイミーが籠絡されるのは当然の成り行きと言わねばならない。セクシュアリティの対象としてのかよわい女性は、かつてヨーロッパの作家たちが東洋に見出したものである。優位者意識に基づく西洋人の東洋好み(だから、本当は東洋を見下している)をオリエンタリズムと呼ぶことにすれば、二人の関係はアメリカ版オリエンタリズムと言うことができる。

これに対してサー・フランシスの悲劇は、「ヘンリー・ジェイムズ問題」の新しいヴァージョンと言えるかもしれない。彼は第一次大戦後のイギリスで、少しは知られた詩人だった。シナリオ作家としてハリウッドに来て一時は成功するが、やがて映画界の新しい潮流についていけずに切り捨てられる。優勝劣敗の市場原理が支配するアメリカの映画産業界で、旧いイディオムに執着するイギリスの元抒情詩人は敗者にならざるをえない。だからサー・フランシスの場合、ヨーロッパの経験とアメリカの無垢という図式は完全に逆転している。* もっとも、一九八〇年代以降、ポストコロニアリズムの洗礼を受けた欧米知識人の間では、ヨーロッパ中心主義の欺瞞、中心と周縁の相対性などは共通の認識になったように思われるから、今では「ヘンリー・ジェイムズ問題」自体が問題にならなくなったと言えるかもしれない。

同じように詩人としての成功を買われ、ハリウッドに来たデニスの場合、ヨーロッパの経験以上の役割を担わされている。彼はときに矛盾する複雑な性格の人物に造型されていて、その一端はエイミーとの関係ですでに見たとおりだ。彼はパブリックスクール(「公共の」役に立つ人材を育成するイギリスの特権的な私立学校)の出身者にふさわしく、文武両道に秀でている(詩人、元空軍士官)。彼はイギリス上層中流階級の出でありながら、アメリカでペット葬儀社の社員に自ら成り下がり、スノッブ意識に苛まれたイギリス下層中流階級の人間を演じてみせる。(その対極的人物がハリウッド英国人会の会長サー・アンブローズで、彼はいかにして同胞にイギリス人としての体面を保たせるかに腐心している。)スノッブ意識の階級構造(上vs下)は、ヘンリー・ジェイムズ問題の図式(複雑なヨーロッパvs素朴なアメリカ)とパラレルな関係にある。作品は、デニスを通じてスノッブ意識のさもしさ、厭らしさを見せつけた後、同じ構造のヨーロッパの優越意識のまやかしを示そうとしているかに見える。これは作者ウォーのまじめなメッセージだろうか。それとも、デニスとエイミーの悲恋を完結させるための仕掛けにすぎないのか。

デニスはペットの葬儀社に就職したことで、アメリカの葬儀産業の実態を知る手がかりを得た。エイミーの歓心を買おうとしたのは、霊園の生《なま》の情報を仕入れるためだ。だから詩人の資格でエイミーの心をつかみ、囁きの森の一部始終を知ってしまえば、恋愛は二の次になる。すれっからしのヨーロッパ人を気取りすぎてエイミーに愛想をつかされたのは、デニスにはかえって好都合だったかもしれない。アメリカの葬儀ビジネス、そこをとおして見えてきたヨーロッパ(イギリス)の、「他者」としてのアメリカ——それについて書くことが彼の次なる使命だ。デニスにはそれを書くように促す声がずっと聞こえていた——「ミューズはとても長く、しかも複雑で重要なメッセージを彼に伝えようとしていた。それは囁きの森霊園に関するもので、エイミーとはごく間接的にしか関わっていない。ミューズの願いは、早晩聴き入れなくてはならないだろう」(一三六頁)。

このようにして書かれたメッセージ(またはその一部)が、『愛されたもの』ということの小説だ。だから、書かれた作品の中に書かれるべき作品が、いわば入れ籠《こ》状に存在していることになる。作品の冒頭で、この作品を掲載した編集長コノリーが実名で登場し、サー・フランシスが掲載誌「ホライズン」を読んでいるように。当の編集長コノリーはこの小説を「ウォーの作品中もっとも完成されたもの」とよび、構成の緊密性を車体に継ぎ目のないレーシングカーに喩えている。ストーリーの節目に適切な詩句が引用されるのは、計算された緊密な構成の代表的な例だが、当然ほかにもある。作品はサー・フランシスの運命を暗示する場面で始まり、デニスがエイミーへの「愛」を全うするところで終わる。物語の冒頭、サー・フランシスに聞こえている蟬の鳴き声は自らの前世からの警告(彼はやがて言及される、蟬に変身したトロイの王子の神話と重ね合わされている)。彼を訪ねてきた旧友の車のライトに照らしだされる、自宅の棕櫚《しゅろ》の木立とそこに浮かび上がる扇状の光——すなわち棕櫚と光背は、彼の運命の予告だ(二〇—二一頁注参照)。物語の末尾、デニスは「愛されたもの」が焼きあがるのを独り「待つ」ことで、エイミーを見送るただ一人の遺族となる。恋仇ジョイボイはいつの間にか火葬の現場から姿を消したが、デニスは最後まで居残って彼なりに「愛の誓い」を果たす。(この小説では「遺体」はLoved One、「遺族」はWaiting One(文字どおりには「待つもの」)と呼ばれている。)

デニスは詩人シェリーの生涯が映画化されたさい、脚本を担当したサー・フランシスの助手としてハリウッドに招かれた。その後シェリーの名は、作品のなかで何度か言及される。囁きの森創設者とオックスフォードとの由縁《ゆかり》を説明したくだりで、同地の大学に学んだ文学者の代表としてシェリーが挙げられる。デニスが囁きの森の本部事務所を初めて訪ねたとき、館内にはシェリーの抒情詩「インドの恋唄」の曲が流れていた。単行本からは削除されたが、雑誌掲載時には「僕の出身地の死に瀕した世界では、引用は国民的悪徳なの。以前は古典だったが、今は抒情詩なんだよ」(一七八頁)という言葉のあとに、「詩の助けを借りずにテーブルスピーチをしようなんて考える人間はいないよ。……イギリス下院の自由党議員は、しじゅうシェリーを引用してるぜ」という台詞が続いていた。このような、たび重なるシェリーの登場は偶然ではないだろう。すっかり手垢が付いてしまったが、シェリーはしばしば愛と自由の詩人と言われる。サー・フランシスにとってシェリーは導きの星だったにちがいない。彼の死後その蔵書を調べていたデニスは、数少ない本の中に『曙を迎える自由の人』と題されたサー・フランシスの代表作を見出す。その題名には、前世において曙の女神に愛され蟬に変身した己の運命と、抒情詩人としての自らの系譜が示されている。

最後に、関連する注釈を二つ。サー・フランシスの居間にその絵がかかっていた画家「スコッティ」・ウィルソンの本名はルイス・フリーマン、すなわち「自由の人」。また彼の回想(一七頁)に出てくる俳優ロビン・ド・ラ・コンダミーンを一躍有名にしたのは、シェリー作『チェンチ家』(一九二二年上演)の伯爵役だった。

＊この点について旧対訳版〈金星堂、一九六九年刊〉「はしがき」のなかで、出淵博氏は次のように書いている——「作品のなかに言及があるように、ウォーはヘンリー・ジェイムズの〈国際関係〉のテーマを明らかに意識して、それをひとひねりして使っている。つまり、ジェイムズがパリのアメリカ人、ロンドンのイギリス人を主人公にして、アメリカの〈無垢〉とヨーロッパの〈経験〉とを対比させようと試みたのに対して、ウォーはロサンゼルスのイギリス人に、一筋縄ではいかないアメリカを経験させている。ここ数年イギリス作家によってこの、逆〈国際挿話〉が生み出されているのが目立つ。一寸気づいただけでも Kingsley Amis の *One Fat Englishman* [1963] がそうだし、Malcolm Bradbury の *Stepping Westward* [1965] がそうだ。また、Pamela Hansford Johnson も *Night and Silence, Who Is Here?* [1962] で、同じ状況設定をしている。つい先頃出版された Thomas Hinde の *High* [1968] という作品では、イギリス人が〈無垢〉な存在として、黄金境アメリカにあこがれて旅立ち、〈経験〉を得るという物語になり、ここでは完全に立場が逆転してしまっている。こういう〈国際関係〉のうつりかわりを辿るのは興味深いが、この系列を考えるとウォーの *The Loved One* が先駆的作品であることは確実だと思う。」

＊

本書は Evelyn Waugh, *The Loved One: An Anglo-American Tragedy* の全訳である。今回の改訳に当たってはペンギン・クラシックス版（二〇〇〇年）を底本とし、旧訳に加筆修正を施した（とくに、中村の担当部分――九―四九、一二七―一六三、一七三―一九一頁――については大幅に）。そのさい同じ登場人物の会話の文体はできるかぎり出淵訳に合わせ、訳の脱落などを除き、氏の訳文には手を加えないことを基本の方針として進めた。文庫編集部の村松真理さんは中村が作成した訳稿を丁寧に読み、誤訳と疑われる個所も含めたくさんのコメントを寄せて下さった。心からお礼を申し上げる。文庫編集長入谷芳孝氏は旧訳の文庫への収録を勧めてくださった。出淵敬子様には旧訳を上記の方針で改訳のうえ、今回も中村健二・出淵博の共訳として出版することをお許しいただいた。お二方のご厚意にあらためてお礼を申し上げたい。

二〇一二年一二月

中村健二

愛《あい》されたもの　イーヴリン・ウォー作

2013年3月15日　第1刷発行

訳　者　中村健二《なかむらけんじ》　出淵博《いずぶちひろし》

発行者　山口昭男

発行所　株式会社 岩波書店
〒101-8002 東京都千代田区一ツ橋 2-5-5
案内 03-5210-4000　販売部 03-5210-4111
文庫編集部 03-5210-4051
http://www.iwanami.co.jp/

印刷 製本・法令印刷　カバー・精興社

ISBN 978-4-00-322774-9　　Printed in Japan

読書子に寄す

——岩波文庫発刊に際して——

岩波茂雄

真理は万人によって求められることを自ら欲し、芸術は万人によって愛されることを自ら望む。かつては民を愚昧ならしめるために学芸が最も狭き堂宇に閉鎖されたことがあった。今や知識と美とを特権階級の独占より奪い返すことはつねに進取的なる民衆の切実なる要求である。岩波文庫はこの要求に応じそれに励まされて生まれた。それは生命ある不朽の書を少数者の書斎と研究室とより解放して街頭にくまなく立たしめ民衆に伍せしめるであろう。近時大量生産予約出版の流行を見る。その広告宣伝の狂態はしばらくおくも、後代にのこすと誇称する全集がその編集に万全の用意をなしたるか。千古の典籍の翻訳企図に敬虔の態度を欠かざりしか。さらに分売を許さず読者を繋縛して数十冊を強うるがごとき、はたしてその揚言する学芸解放のゆえんなりや。吾人は天下の名士の声に和してこれを推挙するに躊躇するものである。このときにあたって、岩波書店は自己の責務のいよいよ重大なるを思い、従来の方針の徹底を期するため、すでに十数年以前より志して来た計画を慎重審議この際断然実行することにした。吾人は範をかのレクラム文庫にとり、古今東西にわたって文芸・哲学・社会科学・自然科学等種類のいかんを問わず、いやしくも万人の必読すべき真に古典的価値ある書をきわめて簡易なる形式において逐次刊行し、あらゆる人間に須要なる生活向上の資料、生活批判の原理を提供せんと欲する。この文庫は予約出版の方法を排したるがゆえに、読者は自己の欲する時に自己の欲する書物を各個に自由に選択することができる。携帯に便にして価格の低きを最主とするがゆえに、外観を顧みざるも内容に至っては厳選最も力を尽くし、従来の岩波出版物の特色をますます発揮せしめようとする。この計画たるや世間の一時の投機的なるものと異なり、永遠の事業として吾人は微力を傾倒し、あらゆる犠牲を忍んで今後永久に継続発展せしめ、もって文庫の使命を遺憾なく果たさしめることを期する。芸術を愛し知識を求むる士の自ら進んでこの挙に参加し、希望と忠言とを寄せられることは吾人の熱望するところである。その性質上経済的には最も困難多きこの事業にあえて当たらんとする吾人の志を諒として、その達成のため世の読書子とのうるわしき共同を期待する。

昭和二年七月